MYRA MARIA VELHO DA COSTA

[葡萄牙] 玛丽娅·维里奥·达·科斯塔　著

徐亦行　麦然　译

米　拉

上海译文出版社

Maria Velho da Costa
Myra
Copyright ⓒ Herdeiro de MARIA VELHO DA COSTA
This edition arranged with SOCIEDADE PORTUGUESA DE AUTORES
Simplified Chinese edition copyright:
2022 SHANGHAI TRANSLATION PUBLISHING HOUSE（STPH）
All rights reserved.
本书在北京葡萄牙大使馆支持下出版

图字：09‐2004‐471 号

图书在版编目（CIP）数据

　　米拉/（葡）玛丽娅·维里奥·达·科斯塔著；徐
亦行，麦然译. —上海：上海译文出版社，2022.9
　　书名原文：Myra
　　ISBN 978‐7‐5327‐9092‐0

　　Ⅰ.①米…　Ⅱ.①玛…②徐…③麦…　Ⅲ.①中篇小
说—葡萄牙—现代　Ⅳ.①I552.45

　　中国版本图书馆 CIP 数据核字（2022）第 120040 号

米拉
［葡］玛丽娅·维里奥·达·科斯塔　著　徐亦行 麦然　译
责任编辑/刘岁月　装帧设计/柴昊洲

上海译文出版社有限公司出版、发行
网址：www. yiwen. com. cn
201101　上海市闵行区号景路 159 弄 B 座
杭州宏雅印刷有限公司印刷

开本 787×1092　1/32　印张 7　插页 5　字数 82,000
2022 年 9 月第 1 版　2022 年 9 月第 1 次印刷
印数：0,001—5,000 册

ISBN 978‐7‐5327‐9092‐0/I·5647
定价：52.00 元

这个世界崎岖不平。正因如此，万物曲折，充斥其间。我们的使命，便是使之平坦。

———路易斯·德·索萨·科斯塔

致阿丰索

致茉莉亚

为了以后

第一章

米拉穿过断断续续的铁轨，朝大海的方向走去。

野草和金雀花丛生，铁轨的接头处是腐烂的杨柳，汹涌的潮水夹带着原油，把木枕与铁条都染黑了。她逆风奔跑着，试图越过锋利的石块和玻璃碎片，高高跳起，来缓解寒冷，还有她的烦恼。

天幕低垂，异常暗淡。远处地平线最亮的地方有紫色和绿色的条纹，仿佛天空与大海是唯一的一道波浪，席卷而来，将大地覆盖。米拉脱下鞋子和破袜子，驻足凝望那片奇景。若是她往那里面跑去，永远都不会有人发现，无论是在这个或是其他任何一个国家。

她拉起裙边擤了擤鼻涕，用破了洞的外套袖子把脸上其他地方擦干净，这件外套母亲让她在家穿，说它是从那里来的。米拉想起了金色瓷瓦屋顶上的白雪，还有在这片土地上连名字都没有的布利尼饼。初始时，万物皆无名称。祖母牵着她的手站在教堂门口，闻着千支蜡烛散发的气味，一会儿把手伸出来，一会儿又把手藏进去。如此的胆怯。

为了不把偷来的面包立马吃光，米拉张开双臂，手中各拿了一只鞋，朝下边的海滩跑去，奔向那群在吱吱作响的泛黄泡沫里休憩的海鸥。海鸥尖声狂叫，在她的头顶愤怒盘旋，可没有发起进攻。母亲说过，有次在一个湖里，在那边，一个女巫被啄死了，是海鸥干的。这是为了吓唬她的谎话，还是真的发生在她的故乡？别样的海，别样的气息。在旅途中，祖母替她包到额上的黑色披肩刺痛了她的眼睛。这是多么罕有的回忆。

　　开始下雨了，先是大滴大滴的雨水，接着是细雨如织。荒芜的海滩上一片闪亮，一眼望不到边际。就宛如一股光的蒸汽，从那咆哮的水体中升起。大雨瓢泼，把米拉浓密的细发打到了她脸上，雨水顺着脖子往下流，她的视线开始变得模糊。就像她在无声地哭泣。她向棚屋跑去，那是第一年夏天玩捉迷藏的地方，那时的她还只会玩耍时的语言，只能用眼睛、手势和笑声与人沟通。地上是各种碎屑，已经死去的海藻非常黏滑，沾了沙子的黄色泡沫如黏液一般，在雨中逐渐消退。她跑得很快，在其间跳来跳去。

　　天色很黑，雨水狠狠地砸在屋顶的锌板上，噼啪作响。米拉用力去推生锈的门闩，手和胳膊因保护头部免受最近的一次殴打而疼痛。她在黑暗中一动不动，直到眼睛习惯了从木板缝隙间透进来的道道亮光。屋里混杂着腌货和尿液、霉菌、臭鱼、绳索和油的气味。靠在墙边，棚屋的木梁杂乱地堆到老高，还有褪色的帆布、缠着玻璃浮标球的渔网、黑色的大桶、罐头、被开膛破肚的塑料箱、沙滩和大海带来的垃圾。地面黏糊糊的，双脚粘在上面，沙子又脏又潮。世界正在头顶上崩塌，米拉坐到一捆缆绳上，绳索扎着她的屁股，她开始焦急地哭泣起来；她又一次跑得太远，根本来不及赶在他们晚上到家之前把自己弄干，他们回来时会污手垢面，疲惫不堪。由于他们精疲力竭，又要为她担惊受怕，她又要挨打了。成为学校里最拔尖的学生根本无济于事，必须变成全世界最优秀的人才行。或者，她愿意回到那边去，回到严寒，回到跟着祖母在陋巷里偷偷乞讨的悲惨之中？米拉回嘴说愿意，他们就揍得更厉害，气急败坏，疲劳得失去了理智，那么多人挤在同一间屋里，直到睡去。

首先引起她警觉的，是一只大狗嘶哑低沉的吠声。接着，狂风卷着呼喊、吼叫和笑声而来，倾盆大雨骤停，然后又猛灌下来，声音听起来已经很近了。米拉躲到一个大桶后面，肿起来的脸贴着桶上刷的柏油，眼睛睁得大大的，心里又一次充满了恐惧，她尽可能地屏住呼吸，心怦怦乱跳。

砰的一声巨响，进来两个大个子青年，他们用链子拖着一条深色的狗。米拉眯起眼睛，看见那狗使劲甩着身子，水和血从它的毛上飞溅出来。接着，它便扑倒在地，趴在那儿一动不动了。他们一边怂恿那狗，一边小心翼翼地把它拉到一个角落里，拴好链条，给它盖了一条抖干水的毯子。两人中有一个是黑人，身材比另一个低矮壮实；还有一个是金发，头顶被修成了板寸。两人衣着光鲜，穿着军靴和黑色夹克。他们就站在那儿，望着那只奄奄一息的狗。黑人说，如果它继续活着会很痛苦；而另一个则说不会，这些狗都是铁打的，生来就经得住那些，经得起拳打脚踢。如果指望那东西还在那里，就得赶紧行动。之后随便带些乱七八糟的东西来给狗抹上。"那效果，好得让人难以置信。"他笑着拍了拍胸口，说那东西没人能抢得走。然后，黑人和狗说起了话，说它是一只好狗，是斗狗场上最厉害的狗；白人笑了，提醒他另一只狗就是因为不听话，被主人活活踢死的。现在，只剩下采购必需品、回来取狗，然后上路这几件事了。明天，他们就能在荷兰了。"别吵，兰博，你留下。"狗抬起头，嗅了嗅空气，又躺了下来。米拉把自己躲藏得更好了。他们砰的一声带上关不紧的门，离开了。远远地，仍然听到他们在高喊、大笑，他们飞快地跑远了。

雨势渐小。现在，雨点滴落在盖子、盆底和锡制罐头上。米拉从藏身之处慢慢地爬了出来。那只狗不是最大型的犬种，但体格庞大。它的胸部宽阔厚实，毛很短，上面有黑黄相间的斑点。它的眼睛是明亮的黑色，小小的，长在扁平的宽脑袋的两侧，分得很开。它不再舔舐自己，一直盯着她看，浑身的沉着与不安都在闪闪发亮的鼻孔里。米拉认出了它的品种，那么多年以前、那么遥远的土地上就有：它们是那些沉重包裹运输工人的狗，是格斗犬，能把别的狗咬死，是世界上最坏的狗。它们是最勇猛的犬种，能在撕咬中死去。它们壮硕有力，高贵凶恶。

米拉继续朝着它爬过去。那动物悄无声息，无意站起来，却向她露出了大尖牙。米拉毕恭毕敬，避开它锐利的目光，胳膊撑在两腿之间，蹲到了离锁链较远的地方。那野兽把头埋进两只爪子之间，垂下短耳朵，其中一只已经被咬碎了，它合上了大嘴，从耳朵到嘴角有一道撕裂的伤口。他们就这样一动不动。狗闭上了眼睛，却呼哧呼哧地喘着粗气。

外头透进来的光越来越弱。在半明半暗之中，米拉让自己放松下来，肚子因焦急而抽了筋，她呻吟了一声。狗又看了她一眼，低吠起来，那是一声小狗的低吠，一声呻吟。它肩胛骨的另一个伤口还在流血，伤口在黑暗中闪闪发亮，凝结起来的黑色血块慢慢滑落到了毯子的一端。米拉没有靠近，用之前听到的名字叫它，并开始用自己的母语轻轻跟它说起了话。"倒霉蛋，倒霉的兰博，你这可怜的东西。我的倒霉蛋，我的可怜虫。这地方的坏人都对你做了些什么呀，可怜的兰博。"那动物没有动弹，只是甩了甩尾巴。它不再盯住米拉，开始舔舐自己。米拉万般小心，慢慢地从裙子口袋里掏出从群租房里偷来的香肠面包，放到毯子上，凑到狗鼻子边上。"来吧，吃呀，狗狗，我们等下再多找点儿吃的，你瞧着。"狗侧着脑袋，用没有受伤的那边嘴角去叼，稍稍抬起身子，开始吃了起来。米拉站起身，用罐头盖子去接了一点雨水。

此时，米拉才有时间去想，自己是不是害怕得都尿裤子了，大腿上黏糊糊的，里面都湿了。她摸了摸，却看到手指上深色的污渍竟是鲜血。"第一次来，却赶上了今天，兰博，"她面不改色地对狗说，"血是会把血引来的。"

米拉把水放到狗的面前。狗一边如垂死的牛般呼呼喘气，一边站起身让她靠过来。它喝了水，尾巴显然是在表示感激。尾巴开始知道怎么微笑了。接着，它开始舔起自己光秃秃的一只脚来，脚背脏兮兮的，血已经干了。米拉把手放在狗的大粗脖子上，温柔却又坚决。"我们是天生的一对，兰博。机灵又有力，有力又机灵。我就说是在路上发现你的，你可值钱了。现在，我们得趁他们回来之前逃走，我们会找到去处的，你瞧着吧。我们碰到坏人时，总有比他们更坏的人。"

她用内裤和雨水把自己弄干净，再把雨水挤到狗的伤口上，狗非常顺从。她一边弄，一边唱起了前往谢尔吉耶夫[1]路上唱的歌，那首七大教堂之歌，米拉曾和祖母一起去喝圣水，感谢那让她们天各一方的奇迹。

"我们跨过山谷

乘风前行

穿越大海

砸破坚冰

破壳而出

走在鲤鱼脊背之上

直至天国。"

米拉动作敏捷地解开狗链，用双手推开吱嘎作响的门。门外是一片昏暗，还有大海退潮的轰鸣声，此时的大海是黑色的，边缘泛白。没在下雨，月光照下来，可以看到远处卡帕里卡新城里的灯光。

1　位于俄罗斯莫斯科州东北部的城市。

"我们走吧，兰博，趁他们回来之前。"米拉用标准的葡萄牙语重复了一遍。

　　"我们走吧，小兄弟。"这回是用俄语说的。

第二章

夜已深。卡车司机克莱伯正沿着右车道行驶，后面车斗里的木梁相互碰撞，发出砰砰的响声。红发克莱伯僵硬的侧面时隐时现，女孩坐在他旁边，安全带系在毯子外面，她只从毯子里面伸出一只手来，抚摸脚边那只狗的大脑袋，还吃了克莱伯在加油站给他们买的汉堡包。

"古埃及人相信是犬神阿努比斯把他们领入了死亡之舟。"克莱伯说道。

"我想叫这只狗'沙皇'，可他们不同意。他们说这么叫是大不敬，所以就只好叫它'恺撒'。"

"结果都一样，索尼娅，一个名字就代表着一种命运。那后来呢？"

"不对，不是这样的，要不然的话，人们每换一次名字就能改变命运。后来，我已经告诉过您了，但我是从结尾讲起的，结尾就是，克莱伯先生您在紧急停车带上发现了全身湿透的我，还有这副模样的恺撒。"

米拉继续讲着美丽的故事。克莱伯看上去既不惊讶，也不轻信，仿佛生活中的一切都是有可能发生的。

　　"后来，他们让我从那边过来，那年我六岁，好让我别像我的兄弟们那样去当小偷，祖母哭红了眼睛。我是换了一辆又一辆货车过来的，没人有文件证明，但那些带我过来的人总有钱，总有住的地方。当我见到父母时，都没认出他们来。他们也大哭起来，但我哭得更厉害，因为我想念祖母的家，祖母的房子很简陋，但有一个后院，有时能让他们给钱买只鹅，用吃剩的干面包和后院的白菜把它养得肥肥大大。这是在夏天，因为冬天我们会冒着严寒，在雪中的圣巴西尔大教堂门口或暖和的地铁入口乞讨，直到因为游客的缘故被人赶走。俄罗斯人渣，他们是这么说我们的，俄罗斯人渣。"

　　"神圣的俄罗斯祖国母亲，"克莱伯先生边说边放慢速度，好让一辆载满稻草包的小货车开过去，"把软木运往那边，把稻草和水泥搅拌机运进这边。神圣的世界母亲。狗还活着吗？"

　　"是的，它还活着，现在刚吃了东西又喝了雨水，身子热乎乎的。"

　　米拉抚摸着一只已不再叫兰博的动物。

　　"你还好吗，恺撒？"

　　狗摇了摇尾巴。

　　很好，很好，它也知道怎么撒谎。

"后来呢?"克莱伯先生问,"这边怎么样?把它的链子解开吧。这里应该有一根皮带,这家伙那副模样,脖子上用不着再套那么多的铁链子。"

"考虑太过周到了,"米拉想,"如果我必须从这人身边逃走,该怎么做呢?"

夜渐深,路渐远,她继续讲着自己精彩的故事。后来,天亮了起来。可以看见大片的平原,被剥去树皮的软木树,还有刷了白石灰的房屋,墙基、大门和窗户都湛蓝湛蓝的。房屋都刷了石灰。他们已下了高速公路,行驶在一条岔道上,路两边都是开了花的含羞草。在任何地方都有可能被人杀掉并大卸八块,但精明如米拉,却也没有更多的选择。就算是他要求自己口交也没办法,反正她也已经学会怎么做了。

"还要开很远才到吗?"米拉问道,这时的车子拐到了一片荒芜的原野上,黎明时分满目灰白的树木,一片荒凉,成群的牛羊因为饥饿或困乏,脑袋垂向赭色的土地。"等你把没讲完的故事讲完就到了。"克莱伯先生微笑着回答。

"别害怕,小姑娘。所有的故事里总会有天堂的一角,善良面纱延伸出来的一角,不管它是如何稍纵即逝。"

"克莱伯先生,您是老师吗?"

"不是，但我受过良好的教育。我不会吃小孩，连狗肉都不吃。讲你的故事吧，我们到达目的地之前，有的是时间。"

"什么是庄园，克莱伯先生？"

"是继承来的，不过也能买卖。"

"房子是您的吗？"

"有好几栋房子，仿佛栗树脚下的蘑菇，大房子里住着的女主人，就像是栗树。那便是你要去的地方。那么后来呢？你的狗养了多久了，索尼娅？"

"五年。"米拉又撒谎了。

第三章

　　亲爱的玛法尔达太太站在脚凳上，好让刷子和手指够到钉在墙上的那张纸的顶部。墙非常高，白色的纸张钉在白色的墙面上，纸上已经描了许多人物，还涂上了斑斓的色彩。玛法尔达太太好像正在画着一只猫头鹰，但也可能是一架黑色机翼的宇宙飞船。

　　工作室位于大屋的底层，不过外墙被改造过，加固了厚玻璃，光线充足，透过玻璃可以看到红色的土壤和湛蓝的天空，还有在其间成长、觅食与飞舞的那些鸟畜。它们有的在电线杆上筑起形似荆棘冠的巢，有的洁白如雪，在水边颤巍巍地驻足休憩。米拉从未见过鹣雀，更不用说迁徙而来、短暂停留的小苍鹭了。仔细想来，她也从未与牲畜如此接近过。她必须得紧紧抓住那条能卡住兰博喉咙的新链子，它被照料得很好，吃得也好，所以看上去似乎很温顺，伤口也痊愈了。在咬断鸡脖子事件发生之后，它被关到了放置厨房用具的屋子里，只给面包和水，立马就学乖了。

　　"凡是长了牙齿的都会咬人，"亲爱的玛法尔达太太说，"只是早晚的问题。"厨房里的赫尔米尼娅给兰博的惩戒餐加上点剩饭剩菜，她全当没有看见。

"况且还是这样的牙齿，"她把两只被水粉画颜料弄脏了的大拇指伸到自己仍然锋利完好的虎牙上，"你过来，索菲娅，让赫尔米尼娅来处理这件事：犯错、惩罚、安抚。"

"如果真是这样，亲爱的夫人，就不会有那么多无辜者受到惩罚了。"赫尔米尼娅说。

她总是毫无理由地神经紧绷。女主人的手又宽又大，性格阴晴不定。

"小索菲娅，"她对米拉说，"要是玛法尔达太太的软木树还能剥得下树皮，粗制滥造的画还能卖得出去，你就留在这里。她是个疯子，但你也没有更好的容身之处。"

厨房和工作室都在一楼，宽敞昏暗的厨房里到处都弥漫着臭味，摊满了食物。自到来的那个大清早起，这便是当天又脏又臭的米拉所能遇到的天堂中的天堂。克莱伯先生看上去自信满满；兰博拖着身子，套着链条，因为伤得很重，也因那么长时间都没再挨打而显得小心翼翼，温顺驯服。

"这是怎么回事？"玛法尔达太太站在脚凳上问道，和今天一样，她一只手拿着颜料罐，另一只手上是一支大画笔，和今天一模一样。她那天穿着宽松的裤子，每条裤腿看起来都像是裙子，内心深处却似乎在想别的事情。

"是在路上找到的。她是俄国人，没有身份证明，也无父无母，被一些流氓非礼了，为了保护她，狗弄成了这副模样。玛法尔达，你决定吧。您来决定吧。"

玛法尔达太太从站的地方下来。她换了副面孔，就像换了个人似的，那灵活劲，得好几百年才学得会。米拉觉得她面目可憎，整个人脏兮兮地沾满了颜料，闻上去一股大清早的汗味，臭烘烘得就像自己的家人，和卡帕里卡人满为患的群租房里的租客一样脏。可后来，她感到很后悔，那是在好几天以后。她还年轻。她把狗拴在身边，狗的后腿甚至都立不起来，但还是很戒备，没有倒向一边。

玛法尔达·德·索札·埃文斯太太是不是用一块沾满了颜料、脏得不能再脏的破布擦了擦手？她把脑袋一侧的灰白头发盘起来，目光却始终没离开过米拉，对她说道：

"你叫什么名字？"

既没叫她小姑娘，也没用小女孩或姑娘这样的称呼。那声音里，不带一丝亲切、不敬或是怜悯。什么都听不出来，米拉（和她的狗）只能听天由命。那掠食者的眼睛和声音所传达的，不会比她想要恩赐的仁慈多出分毫。

米拉挺直了脊梁，她曾看到，祖母在别人施舍很少或没有时就是这样做的。狗站了起来，踉踉跄跄，虽然低垂着脖子，悬在外面的舌头却缩了回去。它张望了一下。

"索菲娅·尼古拉耶夫娜·斯塔布尼科夫，但大家叫我索尼娅。"她撒谎说。

"叫索菲娅，你就留下来。在这里，索尼娅是有钱扒手的名字。叫索菲娅，你就留下来。连狗一起。索尼娅，没搞错吧？"

克莱伯先生微笑起来。

"你笑什么，恩斯特？马上叫人过来。"

"医生还是兽医？"

"我可不是会告密的人。我自己来给狗缝针，小姑娘用清水和肥皂就能洗干净。"

"你知道这是什么狗吗？"

"知道。这又不是我第一次在家收留高危动物。"

第四章

几个月后，米拉回想起来，自己从未像在大房子里那样幸福过。

"索菲娅，把那支画笔拿给我，最细的。对，就是那支，还有那把大刷子。你现在就待在那儿，我叫你动你才动。把那本图册拿起来，慢慢看。克莱伯有没有给你数学书？"

米拉机械地读了起来，好像背书一样：

"陨石中发现的火星微生物化石，引起了对该星球表面物质组成方面的许多争议。"

"这可不是数学。"玛法尔达太太边说边构图，用刷子画出一条弯弯曲曲的道路，黄黄的、宽宽的，自上而下。

克莱伯先生说，所有抽象与具体的知识都始于对星辰的热爱，方程式就是这样。它是宇宙的摇篮和上帝的证明，是有那么一个上帝存在。

玛法尔达太太笑了，用刷子画出金色的道路，画在其他难以解读的符号上面，不知道是生物还是东西。

"恩斯特·克莱伯宇宙的摇篮,我现在知道它在哪里,索菲娅,你也知道。我的床、衣服和桌子都得洗干净。你可别当个形而上学的小滑头。你知道东方在哪里吗?"

"我就是从那里来的,亲爱的玛法尔达。"

"别动。今天你穿上了我希望你穿的衣服,那是我月经刚来或刚结束时穿的衣服,不过都是以前的事了。我喜欢全身上下都穿黑色,他们也随我去。奢侈挥霍的女孩们,有的是钱和耐心。你又来月经了吗?谢天谢地。那件事情它什么都不是,只不过是一种愚蠢的侮辱,跟男朋友或跟丈夫,迟早都要发生在你身上的。如果真发生过的话。别动来动去,我不是一定要相信你才会让你待在这里,也不是一定要相信上帝。火星离那么近,所以用不着分解成粒子来分析。只有艺术才是好的,因为对一切都一无所知。活着的上帝就像一条四处流窜的狗,就像一支不听指挥的画笔,线条或细或粗,或细或粗。你又来月经了吗?你的狗在哪里?你想成为艺术家还是科学家?"

"她的问题像连珠炮似的,就像个疯子,或是我家里那些俄国人。但她是为我好的,克莱伯也是,尽管他隔着衣服,把手放在我的大腿上,好像是亲昵之举,但那双贪婪到让人恶心的眼睛,估算过风险之后,把欲望压了下去。"

"我都会回答的，"米拉心想，"机灵又有力，有力又机灵，血是会把血引来的，小兄弟们。必须得小心谨慎。"米拉思忖着，现在她叫索菲娅，安静得像个模范女孩，倾听大家在各自巨大的痛苦中自言自语，"我们一点一点说，不要结巴。"

"我是来月经了，没错。我用了您给我的卫生棉条，现在我只怕会把它落在里面忘了拿出来。恺撒和伊斯梅尔在地里。"

"它戴了口套吗？"

"戴了，夫人。牛过来的时候，它就会紧张，因为这会让它惦记起寻衅撕咬来。它怀念格斗的日子。"

"那是天性使然，公的母的都一样，"玛法尔达太太说道，"需要立下很多规矩，手段要很强硬，索菲娅，没哪个是乖乖听话的。"

她用细细的画笔给黄颜色的道路描上了黑边，心思已飞到了别处。

"是啊。"米拉说。她一动不动，仿佛一头不见猎物只闻其声的波登可犬，前腿抬着。

"是啊，"米拉又重复了一遍，"至于未来，科学和艺术，亲爱的玛法尔达太太，感谢您的问题，但它们好像都是一模一样的。对我来说，当个翻译或秘书，或其他的，不是更好吗？"

"总有一天他们会来找你的，或者来找那条狗。"米拉小声说道，这声嘟囔之中带着恐惧，一种对于危险的估算。

"你可以走了，"玛法尔达太太说，"你的样子已经描下了，但并不是说就画成这样。"

可她的心思已经飞到了别处。

或者是其他人身上。

"一个灵魂就足以重新发现世界，"玛法尔达太太说，她全神贯注地用朱红颜料在一双童靴上涂出一块红斑，"去吧，去吧，索菲娅，去吃点炖羊肉吧，要是赫尔米尼娅没装在同一个盘子里全给了狗和伊斯梅尔的话，应该还会剩下些。"

米拉惊讶于她是如何对一切了如指掌的，她仿佛存在于、属于另一个世界。

"微生物化石，确实是的！今天下午你来跟我上英语课。地球就是落到魔鬼眼睛里的一粒灰尘，它不停地揉啊揉，让所有的雌性动物没受伤就流血不止。去吧，去吧，去吃羊肉，小家伙。"

"我现在不饿。"

"可你已经挨过饿了。以往事为戒总是好的。"

第五章

"这房子里的每个人，说话都跟拉屎一样。"奥克塔维亚娜说。她正粗暴地洗刷着厨房里的大理石巨型水槽，如她所言，自从厨房现代化得像个粪肥厂，这个水槽就没再被用过。"拉的屎都是从富人屁眼里出来的。"她又补充道。长凳下面，奥科达维奥在爬来爬去，这是她的第四个孩子，出生时就又聋又哑，三岁了，连路都不会走。

"看看，这话是谁说的。"赫尔米尼娅粗声粗气地说。这类的口无遮拦是厨房的调调。

"是上头说的，老板娘说的。"

只是这话让奥克塔维亚娜来说，既没有情感，也不觉粗鲁。有的，只是怨恨。

"赶快把水槽刷干净，你该做的是把进门楼梯的台阶也刷一遍，今天要来个做艺术品买卖的老外，还有他的老婆。"

"老婆，老婆，肯定就是那种常见的妖精，身上挂满小首饰，对着小孩喋喋不休来假装亲热。而且，谁来帮我管孩子呢？还是要我像黑人那样把他背在背上？老外，老外。老外全都是这副腔调，从工程师到卡车司机全都是皮条客，现在来了头金毛母骡反而要被当成公主，两手不沾阳春水，连床也不会铺。就只会把床单随便往上一拉，还要老娘我去收拾她的房间，全都是屁和狗的味道，她自己骑着驴子到田埂里乱走，带进来多少干泥巴。也不把狗拴拴紧，那只狗对所有东西、所有人都龇牙咧嘴的，真是让我心惊肉跳。它的小眼睛就像一头脏脏的猪，额头上还有白斑，那是魔鬼的手笔。在家学习，在家学习，她算什么东西，比我的伊斯梅尔还重要，伊斯梅尔可是在这里长大的，现在竟要给她作陪，伺候那蠢狗。"

赫尔米尼娅随她一吐为快。奥克塔维亚娜一直都是这副德行，而且越来越不像话。两个说话结巴的孩子再加上两个死胎。都不知道是谁的种。她人并不机灵，有的只是干活的蛮劲，还有愤怒的力量。每当玛法尔达太太想要一个制造恐怖效果的模特时，就会叫她。她丑陋、粗野到悲惨，却好似骆驼尥蹶子那般单纯，把所有的脚都用上，前腿的加后腿的。于是，在颜料和画布的摩擦声前沉默不语的奥克塔维亚娜，内心雀跃不已。"就是这样，我就是这样。"每次那些做艺术品买卖的老外把画作装在夹板木箱里送进豪华货车时，她都会愤怒不堪。"就像是高档的牲口，"奥克塔维亚娜说道，"我现在就像头高档的牲口，向牲口棚进军。"

"还有那电视机呢？晚上，就按下开关让它跳动起来，仿佛世界是一条破毯子。他们钉在电视机前，伊斯梅尔耷拉着嘴巴，只在老板娘和卡车司机看得懂的地方才会停下来不看；那女孩，是的，她睁大眼睛，蜷缩在狗的身上，甚至能把动画片里的娃娃吞下去；那狗打着呼噜，甚至让人恶心。就随他们看电视，随他们看，但他们想要的是让我们厌烦或困倦到昏倒，结果都一样。那个小滑头是在演戏，那头金毛母骡子，她可没睡着。把伊斯梅尔摇醒带那讨厌的狗去外面拉屎之后，天知道她是跟谁睡了，带着那狗为所欲为，直到半夜三更。"

家中最端庄的女人赫尔米尼娅觉得听够了。奥克塔维亚娜怒气冲冲，却少了几分愚蠢，这让人有些害怕。

"够了，你闭嘴吧。你和你的孩子，从长了牙开始，就没在这里吃过饭吗？合作社年代[1]的时候你过得更好吗？"

"是啊。都是我娘亲手给我喂的饭。"

"她自己吃不饱，还要给你灌几口马齿苋汤和香菜面包粥。而且，因为你和其他丁点儿的事被人拳打脚

---

1 葡萄牙1974年民主革命后由农民自主成立的合作社，接管独裁时期属于地主的田地归属权。

踢，被警察还有她男人揍。"

奥克塔维亚娜住了嘴，吸了吸鼻子。赫尔米尼娅总找得到别的理由。她把奥科达维奥抱在怀里。

"他可真是胖乎乎的，太太。"

赫尔米尼娅继续准备盆子里的狗食。米饭、血肠块、煮羊肉、几滴维生素，还有驱虫药。

"确实胖。你把他交给我吧，你去刷门口的石阶。"

伊斯梅尔从菜园的门进来，和平日一样，愣愣地笑着，目光游移。他用一条可伸缩的链子牢牢地牵着兰博，另一只手里拿着口套，仿佛是一顶没有脸的头盔。狗满嘴都是鲜血。

赫尔米尼娅一看到，立刻不知所措起来。"这是怎么回事？你把狗弄伤了？"

她走近那只正冲着自己低吼的动物。它仍然处在狂怒的余热之中，背脊都耸了起来。

伊斯梅尔总是会茫然地微笑。

"恺撒弄死了一只羊。那只羊是外头来的种羊，来给母羊配种的。它前蹄刨地，低下犄角想要去顶恺撒，被恺撒咬破了喉咙。就一眨眼功夫，羊腿乱蹬，恺撒不停地撕咬。全身的羊毛都不管用，羊就在那儿躺直了，只剩了一只眼睛。"

伊斯梅尔对着空气微笑。

"你把它的口套取下来了，你这是没管住它。哦，伊斯梅尔，他们都是怎么跟你说的呢？"

这回是他的母亲奥克塔维亚娜，她吓坏了。

"那又怎么样？没有人喜欢被当成狗管着，或是被犄角顶着。"

他还是在微笑。

赫尔米尼娅把盆子递给狗，此时的狗平静了下来。她抱起小男孩。

"你才是只狗，还是个蠢东西。"

可是，如果他不会微笑，那也不会发火。"你说说，奥克塔维亚娜，这不是满嘴胡言吗？"

"这样下去的话，总有一天要闹到警察局里去。那只母狗阿达曼特呢？还有公狗西尔维里奥呢？那母狗那么大块头，怎么没去帮忙？"

阿达曼特，伊斯梅尔叫它"老相好母狗"，是条精力充沛的猎犬，以前在别的地方，看到狼都不会犯怵。

老相好母狗当时离牧场远得很，正专心致志地吃着公狗西尔维里奥给的剩菜剩饭。听到公羊的嘶叫后，母狗赶忙冲了过来，可看到是恺撒在大开杀戒的时候，便立刻停住了脚步。它们这种才叫真情实谊。

它就待在那里，舔舐着鲜血，那是恺撒留给它的礼物。

"那母狗是在发情吧？"

现在是赫尔米尼娅，她提了个现实的问题。

"根本没有，那份情谊只有亲眼见了才会信。母狗就差去舔恺撒的嘴了，但它仍在狂怒之中，我好不容易才用链子把它重新给拴住。"

"这才是你一开始就应该做的，你个蠢货，你个笨蛋。如果你脑子不这么迟钝的话，早就被我用鞭子抽死了。你可不能再接近那只狗了，听见了吗？哦，赫尔米尼娅太太？"

"你儿子伊斯梅尔才叫精明呢。鲜血是会让人动起脑筋来的。我们现在有羊肉可以送，还可以卖。你来把孩子抱过去，狗吃东西的时候别进厨房，因为它能闻得出来，你对自己的一切都充满愤怒。"

"那伊斯梅尔呢，他难道不是我的吗？"

"我可不是任何人的。"那傻瓜一边说，一边朝着天花板露出了同样愉快的微笑。

"唉，天哪，我再也忍受不了这样的生活了。"

奥克塔维亚娜把硬毛刷子朝伊斯梅尔的脑袋上扔了过去。

"受不了就撒手不管呗，奥克塔维亚娜。"赫尔米尼娅说。

第六章

"我做不到。"

恩斯特·克莱伯坐在玛法尔达·埃文斯卧室的高背沙发上，手里拿着一杯伏特加，说道。

"你做不到？喝了那么多，你觉得自己是副什么样子？"

"头脑清醒。喝葡萄酒可是清心寡欲之人的美德。"

"你？清心寡欲？西尔维里奥恶狠狠地把那只半死不活的羊弄死的时候，你都要昏倒了。我得知道，你是不是也会被你那边的警察吓成这副鬼样子。"

"上帝的羔羊。"

"一眼就能望穿，醉鬼都能让人一眼望穿。不过或许也会变得有些神秘，还会发出恶心的嘶嘶声。你甚至都不知道怎么狠狠扇上伊斯梅尔一记耳光，那个狗娘养的操蛋。"

"谁？"

"或者是扇西尔维里奥的耳光，他对那头纯种羊恨之入骨，因为其他公羊都被阉割了，好像那些羊都是他自己的一样。混蛋，禽兽。"

"谁？"

"别嘟嘟嚷嚷的了，呜呜，呜呜。这房子里所有的男人。操他娘的。"

玛法尔达太太口无遮拦的时候，真是口无遮拦。她是在国外受的教育，所以感受不到粗话那不可冒犯的可怕之处。克莱伯也体会不到。对他们而言，葡萄牙语是一种交流的通用语言，他们都掌握得很好，可它是生动的。玛法尔达太太的卧室不是双人房，他们在里面，用亲密的"你"[1]互称，交媾的慵懒之中，无论是云雨之前还是之后，却都没有挑逗引诱，也没有爱慕的呢喃。那只是性交，一种习以为常的躲避，仅此而已，一项暗藏敌意的服务。

那不是一种生动的语言。他们几乎可以无动于衷地谈论任何事情。

"也许我们应该让狗安乐死，让它永远睡去，"玛法尔达太太边用英语思考边说，"在那个动物比人更受宠爱的国家，兽医的委婉说法是，'让它睡去'。"

"那女孩呢？狗现在甚至更听话了。我用德语说：

---

1 葡萄牙语里，人称代词 você 和 tu 都可以指"你"，用 tu 时表示关系亲密。

'过来，恺撒。'它立刻就低眉顺眼地来了。"

"说德语能让所有的狗都更听话。这个女孩也已经不是那么小的姑娘了，胸部已经发育，小腿迷人。还精明得跟大蒜似的。说到随便什么都能引用上卡蒙斯的话，时代和意愿都在改变[1]，她看'恐怖的伊凡'[2]的录像，好像就在家里一样，面对残忍，既不感到惊讶，也没觉得恐惧。时代和意愿都在改变，尤其是我自己的。如果狗在她看不见的地方被安乐死，她会理解的。这是力量定律。不是狗，就是警察，迟早的事情。她精明得跟大蒜似的，来的时候就已经很世故了。有些人就是这样，让世人出乎意料。怪物。"

"绞刑定律吗？我可是一清二楚，玛法尔达，绳子绕在脖子上，让颈骨第三节断开，腿抽搐几分钟。我是见过的。"

"你别文绉绉地自怜自艾，克莱伯。这是个非常浪漫的毛病，非常日耳曼式。我知道你的故事。索菲娅的故事却让人摸不着头脑。"

"你给她画上小野狗的嘴脸，她还会咬在你的小腿上，就咬在你的小腿上。为什么从背后看，妓女的小腿

---

1 出自葡萄牙诗人卡蒙斯的十四行诗，原文为"时代在改变，意愿在改变"。
2 指伊凡四世，俄罗斯沙皇国的开创者，其政治手腕颇为冷酷残忍，故也被称作"恐怖的伊凡"。

是最后才失去活力的部位呢？"

"现在来的是淫秽的奥地利人，沉思默想，对小腿展开了哲学思索。妓女？我是一头干活的骡子，养着一群软弱无能的人。别喝了，酒是愚钝之辈或聪明反被聪明误之流的避难所，你就是这类货色。"

"无能，无力竞争。这也应该算是一个下流的词。"

"再多加点文绉绉的修辞和词源解释，恩斯特。你真是可悲，这个词应该和'愚蠢'的意思接近。既然现在一切都风平浪静，你为什么不试着重启你的学术生涯，高高在上呢？"

"风平浪静？你不看报纸的吗？更何况，我对你欲罢不能，在透彻得仿佛那幅窗帘的昏暗之中，只遮挡住黑夜。天亮了，我得去睡觉，但不是在这里。而且，对我们领养的那个孩子的秘密，我也是欲罢不能。你不能杀了她。"

事实上，玛法尔达太太的房间里，一个灰褐色的早晨正在降临，这是温度不再那么低的季节到来的预兆，却让人感到忧郁。它宣告着灰蒙蒙的春天的到来。枯燥无味，如同已经枯燥无味的谈话一般，与欲望的温柔之翼相去甚远。微弱的嫉妒火苗丝毫没在两人身上激起什么来，甚至连窗外广阔天地中被点亮的灰色美景也无能为力。鸟儿和流水的第一声声响中没有一丝快乐，互不相爱的情人的无尽伤悲，玷污了风景，没有欢愉，无法形容。当爱结束，或者并未萌生时，世界便结束了。

可对这两人却并非如此。挫败的私会结束后，他们便回归自我。她，回归到她的艺术之中，有力又机智，全神贯注于自身的力量。而他，克莱伯，为安逸舒适所奴役，回归到希冀之中，期待着总有一条出路，期待着得以重新逃脱，可究竟是什么，他自己也不知道。

玛法尔达太太已经躺在了春意盎然的白色蕾丝床罩下，把羽绒被从脚边拉上来一直盖到脖子，舒舒服服地跟恩斯特·克莱伯告别。她将睡去，以此来继续自己的无所不能，脑海中是一只死去的烈犬，动人心魄的形象。

恩斯特·克莱伯打开玛法尔达太太房间门上保留的过时门闩，身子摇摇晃晃，却仍然问道：

"为什么葡萄牙人会有'精明得跟大蒜似的'这样的说法？"

玛法尔达太太毫不含糊。她知道或者相信，她才永远都是最后拍板的人。

"因为大蒜能把无味的东西变得有滋有味，因为大蒜有好多瓣，因为大蒜可以挽救腐坏之食，就像盐一样。精明得跟大蒜似的，因为大蒜有好多个头。晚安，恩斯特，或者应该说，早上好。"

在他离开之前，赤足的米拉，踮起脚尖，从门背后走开了。

远远地，她仍然能够听见。克莱伯小心翼翼，犹豫着是否要离开，而玛法尔达太太一定是从绣有姓名首字母的雪白软垫上支起身子来说道：

"还有，你这个该死的皮条客，我从来没有领养过任何东西，更不用说那个牵着死狗的小姑娘了。"

第七章

又是一个夜晚，米拉房里月光明朗。

她躺在白色的床上，床头板和床脚上雕满了花，米拉和兰博，手臂挽着爪子，人脸对着狗嘴，说起话来。

米拉细声低语着要嘟囔而出的话，狗听着，活泼的小眼睛瞪大了，在月光和心爱之人的声音下闪闪发亮。沉着却又不安，倾听着。

"我的生活和别人的不同，兰博。我的存在是被禁止的。我被剥夺了存在的可能。"

现在他俩独处的时候，米拉才叫它兰博。不管她叫它什么，它都会回应，因为它对主人唯命是从。

"你呢？你在被你母亲舔得浑身湿漉漉、叼在嘴里寻找安全小窝的时候，是谁把你从母亲口中夺下的？而你的兄弟们，一窝狗东零西散，狗儿总是有那么多的兄弟姐妹，是谁拆散了你的家庭？是谁把你从亲人身边掳走？现在，我是你的同胞姐妹，兰博。至于其他人，我通过看书才了解到，全都死了，一窝没了母亲的小崽子。唉，唉，我们都是孤岛，只有靠时间才能去发现自己是谁。唉，唉，我们自己感觉到的遗憾与恐惧，我们让人感觉到的遗憾与恐惧。你的母亲勇猛吗？是她受不了殴打，让你四脚朝天落到了坏主人的手里吗？我就是这样。唉，可怜的我，可怜的我们。"

米拉开始轻声地哭了起来，她强忍着抽泣，机智却无力。于是，狗变得异常躁动不安。它抬起圆滚滚的魁梧身躯，开始焦急地舔舐她的两颊、双眼、鼻子和嘴巴。

它说的是："别哭，别哭，总会有一条干净的小路，总会有一只容易捕捉到的猎物。为了我这只狗的灵魂，别哭了。"

米拉听见它说的话，为让狗变得心烦意乱而感到愧疚难过。她用床单擤了擤鼻子，那是床洋红色的亚麻床单，白天看上去非常精致漂亮。然后，她稳住了身体，说道：

"我们又得走了，兰博，我们得上路了。走到大街上去，人们说那是狗的家，可事实却并非如此。那只是像我们这样无家可归的人的去处。你看着吧，我来告诉你该怎么做。"

接着，米拉开始仔细地对狗描述起来，狗那斗牛般的后肢着地坐着，瞪着斗牛般的眼睛，支起斗牛般的耳朵，聆听着如何准备逃跑。

"在弄死她的计划单里，只需给她晚上喝的茶里多加些药片，用研钵碾碎，茶都是我端过去给她的，在给死人守夜的混乱中，每个人都昏昏欲睡，没有神父，没有医生，警察还没到，她患有哮喘，而且是铁石心肠，我们趁着夜色离开。你看着吧。

"即使我们死了，也会有人来抓住我们。不过，要死，我们两个死在一起。"

狗同意了。他俩死在一起，它觉得不错。她不哭了，坐在床上，双眸如烈日一般，闪烁着狂野的光芒，人猿与狼族的黄色眼睛，他俩正源于此，却不知该去往何处。

受制于人，他们如此惊恐，却不会眼泪汪汪。

就是这样。

"你看着吧。"米拉把脸贴到狗的额头上，狗的额头比她的脸还大。

"我再也不会哭了。对着你也不会再哭。"

第八章

后来的一天，夜阑更深时，米拉已经远远离开了庄园，到了一个小镇边上，那里，灯光昏暗泛黄。她远离公路，爬过小山，走过山谷，一路上还有早先几场及时雨过后的泥泞，这种暴雨不会侵蚀土壤。这时，她应该已经远离了月光所能照到的玛法尔达太太的产业范围。她又见到了含羞草，闻到了它们的芬芳，玛法尔达太太命人把地里的含羞草除去，就因为它们是侵略性物种。至今，米拉耳中仍能听到草儿死去那刺耳的声音。她只是没能听见克莱伯的声音，克莱伯一定想到过她，米拉，所以他不会追上来，也不会试图抓住她，抓住她和狗。

她很饿。背包里带的东西不多，一套换洗的衣服，一只烤鸡，冰柜里冷冻的壮烈牺牲的羊肉块，仍如石头一般坚硬。没有面包。

"一堆羊肉石头块我们今天可吃不了，兰博，"她对狗说，"我们该做些什么为世界增值呢？"

然后，米拉笑了，她停在灯光微弱的小镇旁，因为她意识到，自己如一本被翻开的书那般在诉说，那些无人抚慰时她随意阅读过的许多书中的一本。

兰博摇了摇尾巴，因为她又说又笑，也因为他们正在一个有人或许还有暖气和食物的地方边上。它小步快跑了好几个小时，但被米拉手中的链子牵住，和她同步，所以既不冷也不累。

米拉则不然。她感到疲惫、饥饿、寒冷，尽管穿着白色的连帽长外套，那是日子顺心如意时收到的礼物。"寒冷是一样温暖的东西感到了饥饿。"她告诉狗。身体由内而外存在，而灵魂则是头脑和五脏六腑的回旋与抽搐。灵魂的五脏六腑，便是造就犯罪与惩罚的原因。发生在麦克白夫人身上的事就是这样。死人的器官都出现在了她的手上，沾满鲜血，但其他人却都看不见。

"你的话太多了。"兰博一边试着扭动结实的臀部，一边对她说。接着，它一屁股坐下来，等她仔细思考该何去何从。

"我们试试吧，"米拉对它说，"但你别咬人。"

她没把口套从背包里拿出来，去见什么人或者去有人的地方却不戴口套，这可是件新鲜事。兰博完全了解事情的严肃性，但仍止不住地摇起了尾巴，和她一起走向那死气沉沉的灯光和越来越响的喧嚣声。这些声响来自山坡小路上不多的几扇打开的遮光门，小路坑坑洼洼，都是被雨水冲到路面的土砾碎石。

那是一家小饭馆，一家酒吧，一间极为简陋的咖啡馆。闻起来有炸肉、猪油和烧焦的鱼味。贴面的桌边，红色的塑料椅上，坐着的都是男人。

所有人都抬高了头，对着挂在墙角上的电视机。现在，所有人都屏住了呼吸，那是极其危险的一脚，一个任意球。

有几个人瞥了一眼进门来的女孩和丑狗，接着站起来，齐声高呼："进球了！"好几张椅子被他们推倒了，还伴随着兴高采烈的鼓掌声。他们年纪各不相同，应该都是同一个球队的忠实粉丝，看上去像是没有工作或丢了工作，但都穿着洗干净的外套和衬衫，所以，他们是有妻子、丈母娘或母亲的。还有另外一些人，他们都在米拉经过的房门紧闭的房子里，解说员同样有着颤抖的声线，只是听上去更轻些，在锅碗瓢盆相互碰撞之中，某个女主人发火的一声尖叫，暗示着家里藏着个暴力的男人。灯光微弱，节省用度，只有电视屏幕在闪烁。

饭馆入口处的墙上有一块黑板，上面写着"今日有鸡杂碎"。男人们的盘子里，有碎骨、鸡胗、炸肉皮和整个部落激情澎湃时嚼过的牙签。桌子上，是啤酒和空了的红酒杯子。墙上挂着被蛀虫咬过的斗牛海报、陶土燕子、陶盘、成串的大蒜和洋葱、塑料做成的香肠和熏肉肠。

"似曾相识的一幕，"米拉想着，向狗示意，"见过多少次了。"

而狗一直在摇尾巴，说道：

"随他们去吧，他们是人，还能做出什么好事来？他们不是吃素的。"

危险就在柜台边上，这一点它起先一直没能看出来，直到从内心深处感受到了她内心的挛缩，才发现她的恐惧实实在在。或者，它也可以自己做出没有勇气下的判断，身子却被心爱的链子拴在她的手里。

柜台边有两个家伙，一个背对着球赛，一个背对着大门，几乎是背对着对方。他们从嘴角挤出话来，下巴抬高，两人之间充满敌意，正在争吵。男人站在那儿，穿着深蓝色的风衣，白发浓密。他的面前是两个空了的白酒杯和一个盘子，盘中有香肠、炸鳕鱼丸和一副鸡骨架，没动过。女人瘦骨嶙峋，坐在一张高凳上，穿着黑色的皮裤和皮夹克，用脚蹭着地上的木屑和废纸。她头发金黄，参差不齐的长发蓬乱地散落在脸上，从侧面可以看到，每发一个音，她的脸就被拉长，脸色非常苍白。她喝的是啤酒，喝了半杯，没吃东西。

米拉的视觉和听觉都非常灵敏，跟狗一样，嗅到了危险。就像兰博，垂下尾巴，准备见机行事，它把注意力都集中在米拉身上。

在电视屏幕和桌旁的欢呼声之中，这一对剑拔弩张，你一言我一语。他低沉着嗓子，她不依不饶。

"……你听不见，看不见，什么都做不下去，没有毅力，也不懂得低声下气，大手大脚，你这个蠢女人。"

"我没钱好扔到你脸上，这才是你想说的。"

"你没骨气，你是个骗子。"

瞧瞧这话是谁说的，淑女当中的母猪……打肿脸充胖子。

富人，连发火时都会骂得很地道。他们应该是南下旅行的过路人，外面那辆银黑色大吉普车应该就是他们的。危险。

坐在桌旁的那些人又开始忙活起来，看热闹、起哄、吃东西。米拉走近柜台。老板娘在柜台的另一边，正手忙脚乱地在机器上准备新一轮的饮料和啤酒，看见了她。老板娘个子很矮，胸部丰满得好像只有乳房，所以不得不伸长了手臂才能完成这项工作。她的嘴像是一条细线，就像日本动画里的娃娃，看不到嘴唇。人很和气。

人很和气，声音轻轻的。

"哦，我的小主子，这里小狗可不能进来。"

米拉想笑，又很想小便。不会这么糟吧。她穿着得体，鞋子也不错。那声"我的小主子"，更像是打听，不大像责备。请勿抽烟，可那对争执中的男女抽了。他们优雅地把烟夹在靠近指尖的地方。老板娘说话时，他们转过身来。米拉竭力模仿起德国口音，只需在残存的记忆中找出克莱伯喝醉时讲话的样子。

"真对不起，夫人。我进来，只是想买些夹肉面包和大排。爸爸让我把狗带出来，让它活动一下腿脚、尿尿。要是您觉得不妥，我们就在门外等。爸爸在村口的拐角等着。奔驰车开进这样的路怕是要被弄坏了。"

老板娘咧了咧嘴，皮笑肉不笑。另一个女人却没有。

对方球队即将射门，桌边的男人们都给镇住了，张大嘴巴。他们既看不见，也听不到边上的柜台正上演的一幕幕场景。

那两人里的男人轻蔑地假笑起来，手指在空中打得啪啪作响，好像是在打给狗看。

"那么，我的好姑娘，你是来遛大灰狼的吧？"

不用靠近，米拉就意识到这是那种连几个月大的狗都害怕的男人。看到这种人，狗还会躲起来。

"这是比特犬，"女人平静地说道，"比特斗牛犬，这种狗哪里都不让进。你可要小心。狗都讨厌你，更不用说这种狗了。"

"你才应该哪儿都不让进才对。"男人说道，感觉受到了羞辱和冒犯。紧接着，他后退了两步，差点让高凳子上的女人失去了平衡，但却并未就此打住。

"那小背包呢？怕爸爸检查吗？"

"听不懂。"米拉带着天使般的微笑说。

她付了钱。那是她唯一的一张二十欧元纸币，当时没有机会再偷更多的钱。她把找零和装着油腻食物的塑料袋收起来，对兰博说："坐下，弗里茨。[1]"没能马上吃到东西，兰博失望地坐下了。

"我以为小姑娘你是德国人，"为了不丢那张已经肿胀的脸，男人离得远远的，问，"要我把你送到爸爸的汽车那边去吗？"

他做出讨好的姿态，同时也是在挑衅，为了对抗恐惧，也为了和那个他几乎要靠上去的女人作对，而那个女人，此刻正笑着，无声地笑到颤抖，得意洋洋，五官因仇恨而扭曲。

"说英语能让狗更听话，"米拉说，"它是妈妈从美国带来的。晚安。"

---

1 此处原文为英语。

她脑子转得飞快，行动也迅速。汽车？爸爸？要么是警察局的高层人士，要么是政客。"人就是他们自己口中的样子。"恩斯特·克莱伯曾经这么说过。

"除了内在。"玛法尔达太太纠正道，她的下巴上沾了墨水，心里想着别的事情。

"最主要的是内在。独自一人时，必须要非常小心自己想些什么，索尼娅·索菲娅。"

克莱伯，可怜的克莱伯，他是个伪装的高手。就像远方的祖母，就像只匆匆见过几面的粗俗的父母。

"不用，先生，不用您送。狗狗弗里茨很靠谱，爸爸就在转角的地方。晚安，非常感谢。来吧，弗里茨。"

离饭馆门口十米开外，她开始往坡上跑起来，跑入了田野的夜色之中，喧闹声和灯光渐渐消失。兰博飞奔着，脚步沉重，不情不愿。为什么要离开一个既温暖又有美食的地方？他们为什么让她感到害怕呢？

它喘着粗气，因为不喜欢奔跑，边跑边赌气。"等一会儿，兰博，等一会儿，"米拉对它喊道，"快跑，等一会儿你再吃。"

兰博服从了。它了解她的恐惧，却不了解是为了什么。它不了解为什么她害怕，却又没命令自己去摧毁威胁她的东西。它，兰博，什么都不怕。它感觉受到了伤害，感到困惑，跟在她身后跑，保持着距离，链子绷得紧紧的。

从逃离汹涌的大海边、逃离伸手不见五指的公路的那天晚上起，它就相信她。带着抵触情绪，它跟着她的脚步，她的橡胶鞋底在干燥、泥泞、长满金雀花和三叶草的土地上吱吱作响。他们放慢了速度，离小镇已经很远了，只看得到灯光在远处闪烁。米拉停了下来。

他俩都嗅到了一间无人居住的小破屋，门没拴上，敞开着。没人跟在他们后面。

"也许就这里吧，兰博。就这里，兰博。在这里过夜，接下来我们再看。"但兰博并没有坐下，它舌头伸在外面，气喘吁吁，警惕戒备。

它往身后瞧，正如米拉所做的那样，用她所不具备的嗅觉和听觉穿透小屋的黑暗。必须谦逊、礼貌、克制愤怒，哪怕尤其是对我们唯一的所爱。

小破屋散发着腐臭味，还有鸟粪和不知名虫子粪便的气味。横梁上有一只猫头鹰，眼睛好似八月里的月亮，一副无动于衷的样子，散发着被遗弃许久的气息。屋里有一张行军床，一个铁架支起来的锅子，几块破羊皮和破了洞的毯子，点剩的几段蜡烛。米拉用克莱伯的打火机点燃蜡烛生火。猫头鹰拍了拍翅膀，但没有飞走。接着，他们吃了东西，和好了，入睡。

灯尽火灭。在她梦境挑起的暗夜中，我鼾声如雷，用细瓷和黄金打造的圆顶，祖母的胳膊，被割断的链子，过早地被连根斩断。在充斥着浓浓倦意的梦中，我们一直在转换场景。她如野狼般在草原上小跑，我聆听着青铜和黄金铸成的钟所发出的预警声。身着深蓝色风衣的男人带我们穿过黎明，我的乳牙和下颌抵住母亲的乳头，却于事无补。手足的噩梦，温柔的混沌。

所有的爱中都有争吵。我叹息。我止住了鼾声。她的脖颈，温暖如长有十个乳头的肚皮。

第九章

米拉在太阳底下往南走，跟着某种本能，还有兰博坚定的小跑，水坑里的水和夹了肉的面包让它再次心满意足。米拉往南走。"去东方的路上，一定会出现地中海。"克莱伯说过。别的海洋，别的空气。米拉抬起头，用拇指和食指把一朵云框起来，那云看起来就像已故的玛法尔达·埃文斯太太灰白的脑袋。如同电影中一般，云散了开来，嘴巴的地方变成了一个蓝色的开口，她笑着，嘴巴越咧越大，嘲笑着米拉。"艺术家是不朽的。"幽灵消散时说。

"你想得倒美。"米拉对着高空回答，玛法尔达太太的鬼魂消失在了那里。

米拉没有后悔，也没有内疚。她害怕，因为鬼魂想出没的时候就会出没。她停下来，把背包放在地上。兰博躺在橄榄树间小路的尘土之中，爪子夹着脑袋，搭在轻了许多的背包上，包里香味诱人。米拉用俄罗斯方式为自己祈福。三根手指，轻触前额、胸部、右肩和左肩。手指很脏，沾满尘土，荒原上赭色的尘土。她把长外套脱下，抖干净。再用袖口擦了擦兰博头上白色的斑块，那上面已经长出短小的硬毛，慢慢变成了灰褐色。

伤疤永远都很嫩，兰博不喜欢被人倒梳伤疤上的毛，但米拉在它噘起的嘴巴上亲了一下，它还是安静了下来，它的嘴巴，在伤口愈合后变成了粉色。米拉只有在请它配合时才会跟它这么亲热，或是在交通工具上，惹恼它之前或之后。它舔了舔她的脸，部分是出于礼貌的缘故，她的脸尝起来像人类的盐，还有灰尘的味道。

远处，还有好长一段距离，小径上有一团赭红色的尘雾扑面而来，越来越近，尘雾里卷着一辆黑色面包车，开到跟前，停下来，稳住了。那是辆摇摇晃晃的山地车，引擎还发动着，几个宽大的轮胎都不是配对的。车身上有划痕，还有被铜绿和铁锈腐蚀的旧凹痕。有个人咳嗽了一声，吐了口痰，车子熄了火。

"你在这里干什么，小姑娘？还带着只疲惫的小狗。如果你正好跟我们同路，要不要搭个便车？"

那是一位上了年纪的男人，头发秃了一半，剩下的白发被捋到鬓角上，灰色的毛衣上戴着一个白色的领子。这是一位神父。他旁边有一个戴着面纱的女人，面纱也是灰色的，她手里拿着念珠，不协调的是，珠子是多面体纯水晶质地的。她似乎也确实对停车很恼火。她直视前方，却又好像并没有在看，但米拉觉得，她揣在手中的那些珠子正用它们的多面体眼睛打量着自己和狗。所以，她瞥到的，比面前的小个子神父要多。

"我们走吧，本托修士，否则我们的这个罪人就得留在这里了。"车后部是三排破破烂烂的座位，最后一排有个女孩，半坐半躺着，穿得很朴素，但洗得还算干净。她的嘴角长着脓疱，脑袋上还有结痂脱落的伤疤。

"罪人，玛丽娅·奥古斯塔？要说罪人，我们大家都是。她已忏悔过，受过了圣礼。这个带着小狗的可怜女孩累得就像条离开水的鱼。现在，告诉我，小姑娘，你要去哪里？如果离去拉各斯医院的路不太远，我可以顺路带你们一程。上来吧，这个可怜的家伙得了瘟疫，但不会传染给人，也不会传染给狗。你的小狗温顺吗？圣方济各知道如何让动物露出温顺的一面。你叫什么名字，孩子？要去哪里？从哪里来？你的名字叫什么？"

"这种狗从来都不是温顺的，"玛丽娅·奥古斯塔修女武断地说，"我们走吧，神父，否则这个倒霉蛋不知道还会在这里遇上什么不测呢。你可坚持住了，莉西妮娅。市长对这件事很感兴趣。你不会把孩子生在这荒无人烟的鬼地方，这些狗都是恶魔，本托修士，这个女孩长着鬼怪一样的脸。听我的话，我对邪恶、对纯粹的邪恶，可是有经验的。"

"小心点，玛丽娅·奥古斯塔。这种邪恶并不存在，除非没有爱。在我看来，这个带狗的小女孩是个好兆头。你说，孩子，你跟我们走吗？"

神父望着她，望着米拉，眼睛充满了同情，仿佛能看到她过去的生活，那是一种难以形容的悲悯。她提出可以上车，去病人分娩的地方。

"狗到后备厢里去。"玛丽娅·奥古斯塔修女说。

"那可不行，它会窒息发病的。"米拉脚踩着车子的踏板说道，兰博摇着尾巴，蓄势待发。

"随它去吧，玛丽娅·奥古斯塔，《圣经》里说，狗的呼吸和口水能缓解疼痛，治愈伤口。"

眼光一直投向远处的虔诚修女生气了，画了个十字："我主耶稣基督可没有狗。"

"真令人遗憾，"本托修士说，"可你又怎么知道呢？福音书中有多少荣耀被省略掉了呢。告诉我，小姑娘，我们在哪里把你放下来？"

米拉坐好，兰博把头靠在莉西妮娅的膝盖上，嘴巴凹陷的地方正好卡在她突出的肚子上，那肚子，仿佛就是种在那枯槁身形上的一个肿瘤。莉西妮娅闭着眼睛，但把骨瘦如柴、啃到指甲根的手放在了狗的脑袋上，一种温馨的重量。

车咔咔作响了两次。"用力踩离合器，本托神父。"修女不满地翻着白眼，命令道，车子启动了。

莉西妮娅，格莉西妮娅[1]。一种花。

骄傲的米拉又讲述了一个故事，她借用了伊斯梅尔的结巴，在语音和语义上做了调整，表现出一种单纯的粗俗。

"太感谢你们了，神父大人，嬷嬷。我去的地方不太远，就是那几个山头过去，很近很近的。我的名字叫玛丽娅·弗洛尔，狗叫皮洛托，它是我的教母的狗，其中的一只狗，但它是最讨人喜欢的，是守在她脚边的看门狗。我要去兽医的庄园那里给它打疫苗，就在那几座山头后面的几座山头那边，然后，我老爸会来接我，他是教母的司机，我妈妈是个厉害的女佣，厨房也归她管，虽然我的教母欧拉莉亚太太不太喜欢罗马尼亚菜，但我喜欢，因为我有罗马尼亚血统，我妈妈告诉我的，她可是很厉害的女佣，是级别最高的，今晚我们有香草肉丸和辣味香肠，是我最喜欢的菜，也是皮洛托最喜欢的。"

"玛丽娅·弗洛尔，他们给你起的这个名字真美，"本托修士边说边慢慢开车，绕过小路上的障碍，"你上学吗，孩子？"

---

1 葡语里意为"紫藤"。

"上过，上过。可我脑子不好使，比较迟钝。但我可以把家收拾好，我知道怎么在桌上摆好九套餐具和烛台，还会清洁银器。这位女士患的是艾滋病吗？我听说这病只能通过内裤传染。但是不是会传给狗，我不知道。它觉得别人可怜的时候，就什么都舔。有时它只会觉得死者可怜，死去的动物。但格莉西妮娅小姐会活下来的，对不对？"

本托修士笑了。米拉明白他一个字也不信，可这对他来说根本无关紧要。

"她会活下去，而且快要临盆了。也许孩子能得救。你相信奇迹吗，玛丽娅？"她的名字叫格莉西妮娅。狗不会有这等罪恶。

"我相信，神父大人。但是奇迹就像风，风只会吹向它想吹的地方。"

修女转过身来。出于对好心神父的敬重，米拉忽略了自己所扮演的角色。可对玛丽娅·奥古斯塔修女，她又摆回了那副蠢笨的面孔，而比她蠢得多的修女，却急匆匆地把不屑的表情转成了掠食者的同情。

"孩子，你是罗马尼亚人吗？你是吉卜赛人吗？他们没让医生检查一下你吗？你是足月出生的吗？"

"要命了，"米拉边画十字边说，"我可是天主教徒，出生的时候就已经在这里了，就在塞图巴尔医院，我是一个完美无瑕的小东西，我妈妈很怕吉卜赛人，比害怕十字架里的魔鬼还要怕。"

对自以为是的蠢人撒谎，是如此容易。

"是十字架上，十字架上的魔鬼，孩子。"

那个女孩莉西妮娅呻吟起来。

她快要临盆了，这带着罪恶诞生的孩子，也许能够得救。玛丽娅·奥古斯塔心不在焉。一件事情搞砸了就是搞砸了。

"本托修士，"她说，"也许我们最好带上玛丽娅·弗洛尔。这可能是一起虐待儿童的案件，虐待残障儿童，可怜的孩子，案件可以向市长、向警察举报。"

"神父大人，我可以在这里下车。兽医的庄园就在那个山头后面的山头。我在这里下车，没事的。我妈妈在老家也是个医生。格莉西妮娅小姐马上就要生孩子了。她脸色都发紫了。座位上都是格莉西妮娅的羊水。"

"好的，孩子，你就在这里下车吧。玛丽娅·奥古斯塔修女，权力，就算是罗马大主教的权力，都无法解开强大灵魂的秘密，灵魂它不从众，亦不妥协，在变换中无拘无束。去吧，孩子，去吧，愿你的信仰伴你左右。即使失败，皮洛托也将帮你重生。要有信仰，孩子。"

米拉打开车门，和狗一起下了车。奥古斯塔修女大喊起来。米拉不顾她的想法，准备离开。被收救的莉西妮娅刚吐出最后一口气，胎儿正挣扎着寻找出路。

"我没有那种信仰。"米拉说。

"没关系，"好心的神父说，"信仰会伴你左右。精神，不屈不挠的精神，会伴你左右。"

米拉把背包绑在背上，调整好了牵兰博的链子，再次放任自己孤独地漂流。

"那贞节呢？禁欲呢？神父，您难道不应该阻止这一切，结束这可怕的一切吗？您不建议那个女孩远离这一切吗？在非洲，禁欲已被证明是能对抗邪恶的。它已经得到了证明！"

玛丽娅·奥古斯塔修女大声喊道。她失去了收救的莉西妮娅，失去了被虐待的小傻瓜玛丽娅·弗洛尔。她失去了听命于她的人。

本托修士忙着处理引擎的咔咔声。如果快一些，还能及时为那个活死人做剖腹产。他向已经前往山丘和峡谷的米拉挥手，忧伤地笑了。

"贞节，玛丽娅·奥古斯塔？这可是上帝非常讨厌的一件事。这是让人愉快的奥秘。贞节是肮脏的。"

"这可是亵渎神明，本托修士。"

"亵渎是不爱、不看、不感觉。亵渎是自我疯狂，没有世界，没有他人，没有对未知事物的心存怜悯。这才是亵渎神明。"

玛丽娅·奥古斯塔修女攥紧了念珠，最终，它们才是珍贵之物。什么都无法改变她的习惯。也没有必要用慈悲的手势去合上莉西妮娅的双眼，因为在预料到的结果出现前，它们就已经闭上了。

"换而言之，"本托修士更为彬彬有礼地说，"无功无德却奢望着要救赎，那才是亵渎神明。"

"你们回来。[1]"修女对着尘土中的女孩和狗的身影喊道。

"说拉丁语狗是不听的，玛丽娅·奥古斯塔。"

"听着，本托修士，不是无功无德却要救赎，而是无功无德却要自我救赎。"

"都是一个道理，奥古斯塔修女。只有施救的人才能自救。你现在可是位真正的教会专家。只是教义并不是最高指令——爱，并做你想做的。"

"哎呀，引擎不行了，神父！"

"听着，奥古斯塔女士，你该做的，是给后座上的逝者整理一下，为她的灵魂念一段《主祷文》，她的身体还没凉掉。"

---

1 原文为拉丁语。

"开吧，你这不开窍的毛驴。"

最后这句是对破车说的，它启动起来，颤颤巍巍，断断续续，打不起精神。

修女坐在后面，恶心得身体紧绷。本托修士把车速提到了最高。

第十章

白天连太阳都没有，夜晚也看不见大熊座和小熊座。米拉走在黑暗、模糊、低沉的天空之下，这片天空，与其说是昏暗，不如说是苍白。没有月晕，那是太阳在天色泛白时的形状。米拉不知道自己在哪里，狗没被链子牵着，走在前面，它嗅不到前往南部的方向，连令它心生畏惧的大海或大河的水声都没能听到。任何水声，只要扩展开来、翻滚卷动并发出隆隆声响，都让兰博感到害怕。它们是难以驾驭的生物，耸着冰冷刺骨、狼吞虎咽的脊背，它们是会发出咕噜咕噜声响的巨大蜥蜴目动物，兰博把它们留在记忆中某个模糊的角落里，保持着距离。

他们继续漂泊着。经过一个池塘，在阴沉的天色下，池塘黑漆漆的。死鱼在冷光下露出了泛紫的肚子，嘴巴张开，冒着腐烂的泡沫。米拉和兰博觉得又饿又恶心。他们爬上一处岬角，巨大的怪物延伸开去，直到视野的尽头，泡沫打在陡坡上，泡沫在下面翻腾，飞溅到他们疼痛的双脚和爪子上。这是大海，却不是克莱伯口口声声说的东方之路上南部温柔的海。这海，就是卡帕里卡的大洋，满腔愤怒，无处宣泄。兰博在悬崖边勇敢地吠叫着，声音嘶哑，它很少如此。它咬住米拉的外套衣角，把她从深渊边往回扯，米拉看上去怔怔的，似乎厌倦了尝试那份诱惑怂恿。"放开，兰博，别把我弄得更脏了。"

海鸥尖声嘶叫，因他们的警觉而警觉起来，悬崖上的身影，不同寻常。在愤怒的海洋边缘，一切都会带来恐惧。

他们往回走了好几个小时。苍白的天空变成了灰色。所有的风都停在了扭曲的松枝上。一切都停在了黑夜的预兆之中。兰博的脚有点跛。

米拉坐下来检查它的爪子，没感觉到或者看出任何不妥。可她不能把兰博抱起来继续走。要抱起四十公斤的重量，狗还要一边挣扎着，还不如让它在前面一瘸一拐。

看着失去轮廓的景色，米拉明白，这一天已经成为了"纷沓的脚步"[1]。远处，被山峦起伏掩住的，是他们在那儿过夜的小屋。兰博摇着尾巴；对它来说，这便是回到了家。可对米拉而言，则是徒劳一日的沮丧。天

---

1 葡萄牙作家赫尔贝尔托·赫尔德尔（Herberto Helder）所著书名。

空中一群乌鸦在尖叫，比海鸥还要刺耳。米拉停下来，望着它们固定不变的飞行路线，听着那呱呱的齐声嘶叫。于是，她想了起来。不论是下雪天还是火炉般的夏日里，它们早晚都会在莫斯科的天空留下它们的愤怒。"在这里，"来去匆匆的母亲曾说，"它们是不幸的征兆，是不祥之鸟。"这里，指的是里斯本。"它们是往南还是往北归家？会扑到我们身上来吗，兰博？"

"它们又不是老鹰，"兰博说，"就算是，那也没什么。"说的时候，它雄赳赳气昂昂的。可尾巴却不再动了，不再为那远处隐约可见的栖身小屋而雀跃。

他们越走越近时，一个人影慢慢显现出来。实际上，是两个。一位老人，白发在暮色中发亮，还有一只小黑狗在他身边跳来跳去。如果那是只公狗的话，兰博就要大开杀戒了，可还没来得及冲过去，米拉就给它套上了链子，也为自己摆出假面孔做好了准备。

老人坐在一块碎石方上，那是门廊现在仅存的石料部分。略微分开的双腿上铺着一块干净的白布，他用一只胳膊的残肢把布和一块熟奶酪压在膝盖上。另外一只手里拿着一把小刀，那是一把打开的折叠刀，米拉靠近时，刀停在了半空中，刀锋朝上。米拉在她觉得是房子的围墙边上止住脚步，那是她认为擅入的人不能越过的边界。兰博喘着气，用力想往小狗的方向挣脱链子，小狗浑身颤抖，躲到了老人膝下。老人的腿上，有一个已被吃掉一点的黑麦面包，在黄昏渐暗的天色中发出亮光。

"是谁来了？"

米拉发现那个老人看不见她。他的两只眼睛里蒙着一层白膜，好像只有角膜，没有虹膜或瞳孔。"残疾人，"米拉边想边对兰博示意，"又来一个。"狗赞同米拉的想法，坐下，躺好，可眼睛和鼻子都在运作，微颤着。

"我们是好人，"米拉说，"下午好，只有我和我的狗。我们在帮人办事的时候迷了路。它瘸了，所以我决定找个栖身的地方，好休息一下，我们已经走了好几个小时，却找不到路。"

"是公的还是母的？"

"我是女孩，它是公的。"

老人笑了。

"如果是公狗，就不要紧，公狗不会攻击母狗。从下面出来吧，丽拉。狗比人好。你叫什么名字？"

两只狗都平静了下来，现在正互相问候，用鼻子嗅对方的屁股，尾巴摇啊摇，丽拉的尾巴毛茸茸的，而兰博的则好似一根硬鞭子。

"我叫海伦娜。"米拉说。

"你的声音可不像海伦娜，你有外国人的口音，如果我对外国人还算了解的话。"

"是的，我是外国人，我是希腊人。"

"那你一定是黑乎乎的，还长着很多汗毛，噢，海伦娜。低下身子，姑娘。"

"不，先生，"米拉顺着他的心意低下身子，却不高兴地说，"我像雪一样白，汗毛只长在该长的地方。"

"别生气，孩子。这条狗瘸了吗？别让它再跟小母狗打情骂俏了，过来让我看看。"

"它不喜欢人家碰它。"

"如果不是信得过的人，我也不喜欢。这家伙叫什么名字？放开它吧。"

"它可能会咬人。它叫多罗。"

"我就知道你是从很北边的地方过来的。多希望你是天使，可以把我带走。"

"想要死去的人都会长命百岁，"米拉说道，"这是听人说的。"这么说，是因为她同情失明老人那让人看不懂的平和。

"你不知道狗不会伤害残废吗？狗比人好，我已经告诉过你了，海伦娜。"

"这不是真的，"米拉心想，"训练有素的狗会杀死任何命令它们去杀死的东西。"但她还是顺了老人的心意，放开了兰博，主要是为了面包和奶酪，还有碎石头座位边上布包里的其他吃的东西。"过来，多罗。"老人说。

"去吧，多罗。"她不确定地说，害怕狗会因为食物而兽性大发，让面包和奶酪、让没有手的断肢也鲜血淋淋。

但是狗走了过去。竖起的尾巴一动不动，带着疑惑，顺从听话。老人把手伸给它闻了闻，给了块奶酪，挠了挠它的耳朵根，还有背部往下的脊柱，都是倒着毛挠的。兰博闭着眼睛，表示领情，也很惬意。

老人用一种米拉听不懂的语言，命令狗坐下，抬起爪子。狗照做了。

"你看，"失明的老人边说，边给米拉看了一根血淋淋的蓟刺，"它扎在狗爪的肉垫之间，得来个盲人才能看清楚。你的这只狗可真大，没有软毛，只长了鬃毛，大得跟头黑毛猪似的。它是黑色的吗？"

"不，先生，它身上有金色和白色的斑块，所以起了这个名字[1]。"

---

1 "多罗（Douro）"在葡语中和"金色（dourado）"为同源词。

"来，你就坐在这里，等会儿去里边拿几条毯子来，那毯子应该还留着你们昨天的气味。来吃点东西，我带的食物绰绰有余。"

"您都知道？"

"盲人的眼睛是手指、鼻子和耳朵。你和狗的身上有昨天的味道。坐在这里，咬上几口猪皮、奶酪和面包，我来告诉你们我的故事。丽拉已经听过了。它可不是什么名种狗，全部再听一遍也没关系，对它来说都一样。"

"您对狗说了什么？"

"是荷兰语，说荷兰语能让狗更听话。就坐那里，小海伦娜，让我看看你的脸。"

米拉去拿破烂的毯子。老人吹着口哨，音很准，他吹着《去吧，塞尔帕，去吧，莫拉》的曲调，两只狗都在他的脚边，嘴部高高抬起，发出嘶嘶的声响，也希望能得到更多的爱抚。一只黑鹂在枇杷枝上烦躁地回应起来。

米拉蹲下身子，用手按住他健康的手臂，以防意外遭到猥亵。老人默默地用手摸了她的脸、她的头发，手指颤动。

"你很美，皮肤白皙，噢，小可怜。你不应该像那样四处逃窜，像只迷途的羔羊。

"你长着一头金发，这一片全都是摩尔人，这对他们的诱惑可不小。白皮肤，金黄的头发。你知道手指能感受到每种颜色散发出的冷和暖吗？你闻上去就像枯萎的玫瑰，一股面饼、腋窝、烂泥和狗的味道。你闻起来像是出逃的女孩，对小姑娘来说，这味道可不错。"

"我刚在池塘里洗了澡。"米拉警觉地说道，有些尴尬。

"你身上带有海水的咸味道。当大海无法放手的时候，就会夺走生命。有时，一边放手，一边夺走生命。你坐好，听听我生命的故事。"

米拉蹲坐下去，一言不发地听着。夜幕尚未降临，仍是白昼，白色的地平线上泛起了红晕。

她嚼着肉和面包，啃着一根猪骨头，很难啃的骨头。她不再是讲故事的谢拉扎德[1]，而是一个倾听者，这种间隙停顿很好。她喝了老人壶里的浓酒，带架子的大陶盆中是瓶子里倒出来的水，给狗的，让它们先喝，同一领地里的母狗和公狗按照规矩，喝了水。

迟迟未至的夜色中，一切平静安详。米拉倾听着。

"听我说，"失明的老人说，"这便是你报答的方式。

---

1 《一千零一夜》中为国王讲故事的宰相之女。

"在这世上我已生存多年满载疲惫。[1] 穿越孤寂的陆地和海洋，寻求生活的解药。"

"卡蒙斯《十四行诗》，第一百首。"米拉心想，那是她背包里带着的唯一一本书。但她什么也没说，愣在那里。

"我不是诗人，"老人继续说道，"但是有一些单词和名字却操纵着我们的命运，在你的家乡应该也有，噢，引来百艘战船的海伦[2]。百艘大船我的确见过，因为富人的贪婪或贪欢，投身于大海之中。货船、渔船、游艇、舢舨，各种各样的木舟和铁船开来开去。我见过一切，从虚伪温顺的海洋，到能将船只倾覆的如高墙一般的大浪，倾覆的可不是什么帆船，而是数吨重的钢铁庞然大物，它们沉到了冰冷的黑暗深处，那里沉睡着眼睛大如铜盆的乌贼。我见过。有它们在，就不是被海水吞噬那么简单了。你想知道这只手去了哪里吗？你想知道吗？"

失明老人继续说着，港口、岛屿和海湾，从摩尔曼斯克到福克兰群岛，从北海到南海，他的记忆中没有人，记忆中只有海浪、沙滩、海螺、色彩、形状和神奇

---

1 卡蒙斯原诗为"在这世上我生存仅几年却满载疲惫"。
2 葡语中的海伦娜即希腊神话中的海伦。

的动物。仿佛海岸边、港口城市中、这个世界上，一个活人都没有。

夜幕降临了。老人用娴熟的残肢和手，跟米拉一起，用干树枝生了一堆火，围着火堆的砖头和石块，是原先房屋的残垣。让米拉感到惊讶的是，他没有回到亲人身边，没有回到不论在哪里都能照顾他的人身边。

"更阑人静时都不会有人等我的，小姑娘。我终于获得了自由，也没使过太多卑鄙的手段。在漂泊多年、经历大风大雨之后，我有了些自己的积攒。对照顾我的人来说，我不穷，也算不上负担，走一步看一步吧，"他笑起来，"我有个一直都没有结婚的妹妹，我这样甚至都是给她帮了忙。我可不是负担。我大部分时间都是在这里度过的。我的狗叫了，我就知道几点了。你想从头开始听这个故事的结尾吗？

"是啊，那时我是一头海狼，一个水手。生活兜兜转转，直到回到起点，就是这里。我们一共五个人，房子是父亲建造的，现在只剩下了你都看不见的残垣断瓦。这里曾是门廊，你和狗停下来的地方，那堆荨麻丛，是门槛。我们什么也不缺，可也没有富得流油。后来，我父亲，一个矿工工头，被关进了塔拉法尔的山里。我也见过，那是世界上最美丽的海滩之一，但我父亲可不是去那里游泳的。那个时候，鲨鱼在陆地上，装着锌牙。

"我母亲累死累活，那里面一定还有胜家牌缝纫机的残骸。她没日没夜地干，我们也一样。到了参军的时候，我逃之夭夭，再也不愿回来。希望冥冥中，大海就是我的归宿。大海，我告诉你，大海就像爱的激情。是无法舍弃的归宿。是注定要道别的地方。没给我带来生活的解药。"

兰博躁动起来，嘶哑地吠叫，在它眼中，这便是大好事情到了极限。

"没事，多罗，"盲人说，"总会有那么一只獾或是田鼠，闻到尸体的味道。一只已经灭绝了的马尔卡塔猞猁，对吧，像我一样。"

他又笑了。

"你想过吗，海伦娜，我可能是个幽灵，是个鬼魂？"

"或者您也可以这么想我。"米拉说。

"别用'您'了。

"我叫阿隆索。鬼魂是没有狗的。"

"谁知道呢？阿隆索先生有一只狗。我也有。如果我死去，就会带着它到死亡之海，那儿就是天堂。"

他们沉默了。火苗噼啪作响，时不时泛出蓝光，仿佛某座圣墓里的圣安泰尔莫火焰[1]一般。

米拉用目光示意，想知道那只断掉的手是怎么回事。失明的海上老人猜到了，言简意赅地说了起来。

"没有什么比钓北海螃蟹更难的了。你从挪威、瑞典、芬兰的港口出发，舱底载一个巨型冷冻柜。出峡湾进入宽广大海时，无论你脑袋包得有多严实，寒冷似乎都会让你就地麻木僵硬。但你吃，但你喝，躺在狭窄的上下铺床上，但你坚持。报酬丰厚。我们不是人，而是与怪物对抗的人肉柱子。有些日子，我们睡不足三个小时，轮班上岗，十米高的浪头拍打着我们的头顶。那些蜘蛛蟹，竖着刺和毛，越来越多，总是越来越多，从网中、从笼子里捞上来，我们被金属锁链绑在桅杆、绑在船舷上，汹涌的海浪从我们身上打过，打入我们的喉咙和靴筒里，滔天巨浪的间隙之中才能呼吸。

"后来，有一天晚上，我看见自己的手，离开了我的身体，掉在巨大的蜘蛛蟹中间，仍在抽搐。我甚至都没有感到疼痛。那是一个垂死挣扎的、红色的活物，在那群物种之间抽搐。海浪泡沫挡住了视线，一根松掉的钢缆，把我的手连根切断。是我的不幸，也是我的幸运，我获得了赔偿。为了一点骨骼长在外面的甲壳动物

---

1 指桅顶电辉火，卡蒙斯所著史诗《卢济塔尼亚人之歌》第五章里也提到了此现象，称之为"圣火"。

白色的肉，我的手、骨骼长在里面的手，却留在了那里，扔给鱼吃了。"

米拉惊呆了。

"那眼睛呢？"

"啊，那就是另一个故事了。人们说不应该直视绿光，可我却这么做了。我是少数这么做的人之一。毫无办法。要是有什么办法可想，如果是白内障的话，我会等上两年，但不是。是绿光的缘故。我看到的光慢慢变成灰色，越来越暗，白天是灰色的，夜晚漆黑一片。"

"你看得到人影吗，阿隆索先生？"

米拉再也不会为自己或为他人垂泪了。

"看得见，你看不出我看得见吗？用灵魂和仅剩的手指尖。是的，我看得见。"

兰博说："够了。"它闻了闻小屋的入口，准备舒舒服服地和米拉去睡上一觉，在人类的夜晚里听了那么多晦涩难懂的话，它想调整一下。

"我要走了，"老人说，"你今天就待在这里，反正你也已经待过了。明天又是新的一天。"

"你路上没事吧，阿隆索先生？"

"没事。我经历过许多痛苦和灾难，我没事。丽拉当了好多年导盲犬，可它自己都不知道。愿上帝保佑你和你的狗，我就做不到了。很晚了。以前没碰上的事，晚一点还是能碰上。"

米拉向远去的人影多此一举地挥手告别。自此，便无从知晓，这个动作扬起的风，他能否听到。

兰博吼了一声，它已经躺到肮脏的帆布床上了。"够了，这么做一点儿用都没有。"

"闭嘴，你个笨蛋。"米拉对它说。但狗连生气都来不及，便已沉沉睡去。

火堆还在噼啪作响。

废墟中的巨石、荆棘丛和枯死的藤蔓之间，能听到木头拐杖的敲击声，越来越弱。丽拉吠叫着，他们越走越远。

至少，这不是幻想。

第十一章

米拉已经走了两天了，跟着影子的移动和南方吹来的热风，而不是隐藏起来的太阳和星辰。就像老阿隆索教的那样，"不要相信天空"。

"经过南部去东方，你得绕上好大一圈。可只要影子在你脚边，不论它有多若隐若现，都应该相信它，海伦娜。"

下过雨，地又干了，天气越来越热。米拉和兰博又饿了，他们喝着水坑里的水，一股泥土和石炭酸的味道。

目光所及的树木都被烧焦了。那是一座贫瘠的山脉，光秃秃的，没有牲畜，也没有人。他们睡在野外焦黑的树枝下，听着乌鸦呱呱的叫声，燕子或高或低地掠过，向北飞去。

"我们必须走得离公路近一些，兰博，要不然我们会栽倒在这里的。"

兰博表示赞同，离开原先走的路，去找有人类气味的路线，往西，沿着坎坷不平的山路向下，一路只见扎人的灌木和杂草。

暴雨过后，天又热了。冒烟的泥土和暴露在外的枯树根中，喷出一股热气。

现在，米拉和狗都蓬头垢面，肮脏不堪，浑身上下沾满吸了雨水的泥浆。米拉把已经变成灰色的白外套塞到背部和背包的肩带之间。现在是她跌跌撞撞，每样东西都有好几公斤重。狗也会停下脚步。可他们不能坐下，他们不能。远处，如同死去的山脉低处的边缘上，有一些绿色树冠的痕迹。远处，在远方的山脚下，宽广的高速公路有着笔直的线条，看不到起点和终点，汽车就像一队蚂蚁，白茫茫的光影中有一条黑色的虚线，坚定、迅速异常，人们到这儿不见了，又到那儿消失了，沉默着，交谈着。最终，米拉还是害怕，害怕自己的疲惫，害怕辜负兰博忠诚的期望，它被放开了，却还是紧跟着她的每一步。

祖母说：

"日复一日，月复一月，我们背负着自己的全部家当，成群结队地走在雪地上，走在烧焦的桦树底下。无需思考，你和前面的人步调一致，如果他跌倒了，就跟着再前面那个。你的祖父，米拉，他没有倒下。而我总是盯着他的拐杖，盯着他那只没长坏疽的脚迈出的独特步伐。"

祖母说过斗转星移，说过空间变换。那让人信任的声音，米拉不知道是否会永存，祖母那慈母般恳求的声音。

"信任，"克莱伯说，"就像处女之身，只能失去一次。俄罗斯的严冬，俄罗斯的严冬。你知道的，索尼娅，俄国人，如果后退，总是为了之后要重新起跳。你们是猫科动物，有一半蒙古血统，混血人种。"

米拉不愿听到人的声音。不思考，往前行。她和兰博站在小树林的边缘，虽然稀疏，但却是大火烧毁群山之后仅存的。黑灰色的余烬萦绕不去。

"猛烈，过激，俄罗斯的灵魂是危险的，"被谋杀的死者玛法尔达·埃文斯太太说，"帝国农民，食人魔王。"

"无稽之谈，鬼话连篇。"米拉一边说，一边跌跌撞撞地继续往前走。她背得出由费雯丽扮演的斯嘉丽的那番长篇大论。"这是因为饥饿，兰博，是因为恐惧，他们都是臭军师。我不逃跑，我要和你一起去某个地方。家[1]，"她像 E.T. 外星人那样说道，"家。去到某处。我们只是不知道它在哪里。""看那边。"

兰博说完，缓了口气，它不像米拉那样气喘吁吁，

---

1 原文为英语"home"，电影《E.T. 外星人》中的主角小外星人最经典的一句台词即为"Phone home"。

可也停了下来，坐在那里嗅来嗅去，边看边听。"你可要小心，"它说，这样说话，它用尽了全身的气力，"要小心虚幻的错觉。"

尚有一段距离处，一片空地上，三叶草已经冒了头，开出了黄灿灿的铜铃花，还有活泼顽强的迷迭香，长在一棵无法估算年岁的茂盛橡树下面，那奇异安详的美景，宛如一幅图画。

"又是老一套，"不耐烦的兰博耐着性子说道，"是人把我变成这个样子，但我可不是来受这份罪的。"这已是嫉妒的征兆。嫉妒是所有物种的痛苦，尤其是对怒气冲冲的狗来说，对主人和伤害不满的狗。

成双的一对斑鸠，在一棵软木树半死不活的枝头上咕咕叫，没有看到橡树底下被遮住了的他们。天空布满了一动不动的卷云。这是好事，还是坏事？

米拉尽量地整理了一下自己。她抖了抖身子。梳子都插不进她乱蓬蓬的厚头发里。她穿上脏外套。那件外套质量很好，原先是白色的。它能掩盖汗水和狗这两者的气味，还有汗水和粪便的味道，她是用手和清水把粪便擦干净的。远处，距离近到能够听见下边那低沉压抑的轰轰声，接着是飞速的虮子来来往往，金属车身在光滑的沥青路上闪闪发亮，路上的白线一路延伸到视线的尽头，笔直笔直，南来北往。那是高速公路。

橡树下面，坐着一个棕色皮肤的年轻人。他侧着坐，所以还没有看到米拉。米拉走上前，收紧了拴住兰博的链子。他可能二十岁，也可能三十岁。他不是黑人，也不是白人。从侧面看，他的皮肤是棕色的，手里拿着一本本子，身边的地上有一本翻开的书。他从头到脚一身白色，格子背心，土黄、橙、白色相间。"是提花布吗？"玛法尔达太太的声音说，"这个你别穿，把女孩弄得跟男孩似的。"棕色皮肤的年轻人戴了顶帽子，就是那种帽子，宽檐帽，白色的，还围着一整圈褐色的丝带。即使坐在薄薄的毯子上，他也显得又长又瘦又纤弱，模样俊得惊人。附近，停了一辆白色的路虎车，像一匹温顺等待的骏马，又高又大，真像是一匹好马。

"你是傻了，还是怎么了？"兰博问，尾巴一动不动，听着米拉的心跳。充满期许、恐惧和陶醉。这就是一见钟情，她在那么多读过的书里都看到过，期待过。书中的爱情。

路虎有一块红色的牌照。序列号之前，写着 CD。米拉知道这是什么意思，要不是更大的危险，就是能得到守护和拯救。棕色皮肤的年轻人还是没感觉到他们在靠近，全神贯注地用左手在纸上画着什么，米拉认为，在大使馆里，要发布命令，他年纪不够，要服从他人，似乎又大了些。年轻人在写东西。

米拉走上前去，兰博用沾满灰尘的后腿几乎是硬绷着，用力往后。

"早上好，先生。"

年轻人转过身，波澜不惊，从她打量到狗。米拉感到羞愧，她几乎就像个摊开手、掌心朝天讨饭的乞丐。

"早上好，小姐。"

年轻人用俄语回答。他微笑起来。他的左脸颊上有一道伤疤，从太阳穴一直延伸到嘴角，却没让他显得丑陋。那是一圈海盗的光环，冒险的光环，笼罩在衣服、样貌、身躯和笑意盈盈的蓝绿色大眼睛的光彩夺目之上。那种无所畏惧的好意让兰博感受到了羞辱，试图扑上前去。

"你怎么知道我是俄罗斯人？"米拉用俄语问。

"我不会说俄语，"年轻人用葡萄牙语说，"但我总能从另一种语言之中听出母语来，这是一种天赋。是什么把你带到了这里？你像驴皮公主那样乔装打扮，穿着富有乞丐的破衣服？还有这只来自地狱的小狗？它脏兮兮的，却被照顾得很好。它叫什么名字？"

兰博嗥叫起来，带着几分文雅。得知道适可而止。

"伊万，"米拉说，"我叫叶卡捷琳娜·伊万诺娃。"

年轻人笑了，牙齿好像一颗颗珍珠。

"你随狗的姓？它是你父亲？"

"它是我的圣父、圣子和圣灵。"

兰博摇着尾巴示意。"瞧见厉害了吧，"它对柔弱的年轻人说，"就是要让你知道。就是这样。但你不听。"

年轻人继续温柔地笑着，轻轻说：

"好吧，那我是彼得，彼得大帝。有时我会吸点什么，然后看书，吸的东西能让我产生幻觉。你想听吗？然后，吃些东西，洗个澡，慢慢来。凯特，我要叫你凯特，叶卡捷琳娜。你年纪还小。"

"吃饭洗漱都是次要的。我们来看看他说话是不是夸大其词。他闻上去很虚弱，像是有病，可确实也闻得出鸡肉和生鱼的味道。"

兰博打量着对方。

"你想听吗，凯特？"

棕色皮肤的年轻人捡起身旁翻开的书。米拉接受了邀请，坐在毯子上，脱下长外套，摆出了小美人鱼长出双腿、在海边岩石的泥泞中显得非常优雅的那种姿势。

"孩童时代，无论什么都不应强迫我们

去描画字母

那恶心啮齿动物的腿脚。"

"这是莎士比亚吗，彼得先生？"

"好极了，我就知道你是莫名奇妙冒出来的，是个孤陋寡闻的人。这是另一个女孩写的，她的名字叫夏玛。你相信吗？"

"我不是莫名其妙冒出来的，彼得先生，我的狗也不是。我去路边尿尿，躲到隐蔽的地方，等我回去的时候，叔叔们的车，一辆奥迪，已经不在那里了，我很害怕，车一定是被偷了，他们被人绑架了，我很害怕，可谁能在路上帮我呢？带着一只这样的狗，我没带手机，就朝这边走过来，走了好几个小时……我听说过夏玛女士塔区[1]，这我是听说过的。"

"够了，"兰博对她说，"你这是在徒劳地喋喋不休。一发情你就变傻了。"

米拉闭了嘴。她的狗的权威让她闭上了嘴。

"够了，"棕色皮肤的年轻人说，"够了，凯特。你没办法给自己编造故事了。我叫加百列，熟人都叫我罗兰多。我会带你回家，到家以前，你和你的狗就吃煎饺和黄瓜三明治，如果这些东西不会马上消失在空中的话。上车吧。"

"给我印象最深刻的是人与人的世界如此不同。"

---

1 葡萄牙北部某城市的一个区名。

于是，米拉跟上年轻人，狗跟上了米拉。

坐在豪华的吉普车里面，米拉对狗示意：

"另一个脸上有疤的，就像你一样。要做到的是不怕重复，兰博。"

"总有一天，"兰博叹了口气，把粗犷的下巴无力地埋到她的怀中，"我讨厌黄瓜三明治。"

"吃吧，闭上你的嘴。我才是个越来越没本事的人，没有人相信我编的故事了。"狗闭上嘴，闷闷不乐，喉咙里塞了两只煎饺，看上去就像一只仓鼠。

罗兰多握着方向盘的手是如此秀美，米拉有想哭的冲动，就像冒冒失失的黛茜看到了不起的盖茨比的丝绸衬衫时那样。接着，他拿起手机，开始说一种米拉听不懂的语言，用非洲人的口音把"i"这个长齿音拖得很长。米拉害怕被他举报，但也不是特别害怕。年轻人似乎更像是在微笑着发号施令，而不是告发她。

接着，他放起了音乐。是克莱伯先生拉的巴赫的弦乐，玛法尔达太太会放《快给大忙人让路》来让他的琴噤声。玛法尔达太太不喜欢"cravo"这个词，无论它在葡语里是指花、香料还是乐器。

第十二章

米拉从未见过这样的房子。从远处,从他们下坡的泥泞小道上望去,它若隐若现,被一片树林遮挡着,树木越来越密,郁郁葱葱,巍峨挺拔,向南方延展开去。

"看,凯特,就在那边。那是一栋智能房。"

那是一座巨大的白色建筑,窗子形成了一个个不规则的黑色口子,形状各异的白色侧楼伸展到绿叶之中,就像一只蹲着的动物不对称的双臂。附近有一个黑色的池塘,上面有小点点在移动,不是鸭子便是鹅,或者是一对天鹅,那就更糟了,因为米拉很担心兰博的坏脾气。房子边上有一个椭圆形的游泳池,闪闪发光的蓝色让人心旷神怡,池边低垂的应该是杨树,北方的杨柳。屋顶是黑色的,装着亮闪闪的云母或玻璃太阳能板。

米拉从未亲眼见过这些神奇的高端产品,只在电视上看到过,或者听累死累活安装产品的同胞们说起过,梦想有一天能拥有这样的一个家。在被大火燃尽的山脚谷地中,需要大量的资金才能创造出如此与世无争、绿意盎然的微型景观,天堂谷。

远处，更远的远处，是一片大海和洁白的沙滩，平静的大海，宛如一条摊开的亚麻毛巾，蓝灰色天空中的云朵还未散开，仿佛一座水平如镜的蓄水池，没有半点泡沫。

"陆地之间的海洋，地中海，兰博，我们到了。我们成功逃出来了。"

"我们走一步看一步吧，"一直都保持沉默的狗一边说，一边用鼻子嗅着风景，"南部可不是东方，你还不知道那个棕色皮肤的人想要买些什么，我们又能卖给他什么。"

后来，它一连沉默了好几个星期。格斗犬的忠心，可以借，但是不可以卖。而且，像所有的蠢货一样，它不喜欢有色人种，即使是棕色外表也不行，尤其是如果他们正在引诱自己心爱的主人。

它沉默下来。或者，是米拉不再听它的话了。

加百列·罗兰多没有下车，用遥控器打开了一扇大门。一个很白的仆人从警卫室里走出来，脱下了帽子。他瞥了一眼脏兮兮的女孩和狗。

"一切都好吧，先生？"

这句话米拉听懂了，他说的是黑人的语言，还带着乌克兰口音的奉承。学到了。

"是的，伊戈尔。把门关上。"

"好，老板。"

接着，是很长的林荫大道，梧桐、椴树和盛开的杜鹃花，一直延伸到房子的正门。这样一条通往黑白相间大宅的宜人的林间大道，需要多少水才能造出来啊。

房子发出低沉的嗡嗡声响，好似蜜蜂的声音。米拉开始感到害怕，因为棕色皮肤的年轻人甚至都没瞧她一眼，从到家开始，他就全神贯注，摆出一副发号施令的老板模样。

黑色大门上有着巨大的叩环，墙上，几座壁龛敞开着。坐在车里，可以感受到外面的热浪和屋内的凉爽。一个女人站在门口，满脸堆笑，身上穿着护士那种白色制服，但没戴帽子，与其说她胖，不如说是魁梧，既胖又魁梧。她是个黑白混血，肤色棕色偏黑。

"哦，比利。"

加百列·罗兰多说，米拉以为她的名字叫比利。

实则不然，他是在说"你听着"。

"听着，克里米尔达，都准备好了吗？"

发号施令的人从大吉普车上下来，这回换成用葡萄牙语说了。

"午餐呢？小姑娘的房间呢？狗的床呢？狗粮呢？"

他终于摘下了宽檐帽，递给那个女人。他没有秃

081

顶，不过，一蓬金色头发下面，新长出来的短发又黑又卷，金发是染出来的。

他下达了更多的命令。

米拉和被牵住的兰博，灰头土脸地站在冷飕飕的豪宅门廊内，门廊上爬满了藤蔓植物，玫瑰、三角梅、加那利常春藤，全都洁白无瑕，让他俩看上去更加可怜。

可魁梧的克里米尔达却在微笑着表示欢迎，那份快乐并不只是迎合。

"她长得很像，是不是，克里米尔达？"

"是啊，孩子。一个模子里刻出来似的，可怜的小东西。就是因为这个？"

"是的，克里米尔达。命运安排时间[1]。"

兰博坐了下来。那些人类的欢欣雀跃让它厌烦。

可几秒钟过后，事情就跟它有关了。通往大宅的一条林荫小道上，走过来一个又黑又壮的男子，手里拿着一个口套和一根带有勒环的棍子。小道上，一棵匀称的南洋杉从游泳池边上冒出来，让人恼火。

"洗澡，伊万。"棕色皮肤的罗兰多简单明了地说。

"让我给它戴上口套，"米拉边翻背包边说，"如

---

1 葡萄牙歌手托尼·德·马托斯（Tony de Matos）的一首歌名。

果不是我来戴，它会咬人的。这房子里还有别的狗吗？"

"以前有过，凯特，比你的伊万更结实、更可怕。但它只在三思后才会咬人，或者听命于人。把它带过去，艾乌克里德斯。给它洗干净。然后让它回到主人脚边，爱吃什么就吃什么。"

兰博明白了传递过来的信息，顺从地跟在艾乌克里德斯身边一路小跑，艾乌克里德斯是个爱笑的巨人，皮肤黝黑，而且闻起来很香，一身洋葱和肉的味道。

不用口套，也不用勒环。只需拴上一条松松的链子。否则，他们还以为自己很蠢呢。对米拉的忠诚就足够了。不管怎样，自己也受够了饥饿、跳蚤和甩不干净的泥巴。耳朵的皱褶里还有虱子，跟鱼卵一样大。

"给你准备羊肉加米饭。"米拉对它喊道，克里米尔达在远处笑着。"来吧，凯特小姐，到屋里来吧。"

兰博从远处向他们示意，尾巴有一半悬在半空，迎风展开，尽管它已经在游泳池边的淋浴底座上看到了水管和木桶，还有给狗刷毛的刷子。

第十三章

"别问我太多问题，我也不会问你太多，这样我们就不用彼此撒谎了。"

有时他用亲热的"你"来称呼她，有时是"凯特这个""凯特那个"。不过这种称呼不是冷冰冰的第三人称，而是宠爱，或表示尊重，尤其是在家仆面前。这里的仆人比玛法尔达太太家的更多、更安静，对她也更客气。

米拉过得像个天使，无法不去吸引让她着迷的东西或人。她嬉笑、玩乐，轻松，再轻松。

"加百列·罗兰多，听起来像是从天上一头栽下来的大天使的名字。您不工作吗？"

"我工作的，凯特，但只做想做的事情。我正在过安息日。别再问了。我们慢慢会知道的。"

但是，他笑了。米拉很招他喜欢。

"这就是我，一个坠落的天使，在奢华中抖掉最后的羽毛。"

"安息日是什么？"

"就是每天都是周六。"

这房子可是个由新鲜物堆砌的奇观，它被装在一个绿盒子里，出其不意的大树会冒出来，四周是芬芳的灌木。柏树、针叶松、橄榄树，如同一栋托斯卡纳风格的别墅。

他们安置她的地方，要穿过一个光影摇曳的巨大中庭，黑色的大理石雕塑散发出阴郁的暖意，大幅油画上展现的，是世上其他地方的重要场景、风光、内景和人物，她，米拉，无法解读那些信号，因为棕色皮肤的年轻人拉着她的手，走得太快。克里米尔达跟在后面，背着她的背包，脏兮兮的长外套已经不见了。他们带她穿过一条走廊，走廊里透入的一道道光带来了欢乐，仿佛半明半暗中的白色饰带。

那间卧室，大得足以在里面跳舞。

贴着地面的床，是一张能睡三个人的床垫。

雪白的墙壁上挂着画，不多，她认出一幅来，是受害人玛法尔达太太的作品。还有一个女孩的两张照片，放大的，女孩长得酷似米拉本人。一张照片里，一把吉他放在两腿之间；另一张里，女孩坐在一个像是剧院排练室或是奢华婚宴后堆放椅子的地方，一脸极不耐烦的样子。这张照片是彩色的，翻版女孩穿着紫罗兰色的衣服，她显然和米拉一样讨厌这种颜色。

落地窗户一直延伸到宽木地板上，上面有三道框，朝向屋后的花园，目之所及只有绿色，一大片绣球花和玫瑰摇曳生姿，藤蔓丛生。

　　克里米尔达关上了窗子。风有些凉，吹得房间里面用来装饰的罗勒叶子嘎嘎作响。罗勒插在白色的陶制花瓶里，放在一个亚光的钢制三脚高架上。

　　"凯特小姐，您收拾一下，洗个澡。鲈鱼快要烧好了，少爷。"

　　某些礼节性的说法就是命令。克里米尔达出去了。

　　加百列·罗兰多为米拉打开了通向浴室的门。白色大理石自下而上，直抵天花板上的聚光灯，剧院式的聚光灯，反射在镜子里。

　　米拉凝视着自己。年轻的哈尔比亚[1]，孩子气的美杜莎，令人厌恶，脸上一团团的污渍，头发好似食虫鼠窝。年轻人从颈后抓起她的头发，对着镜子里的她微笑。"得搓上半小时的肥皂。东西都在这里，过来看看其他的。这算是间套房。以前是我妹妹住的。"

　　"她死了？"

　　"如果你不想听到谎言，就先别问。你有没有见过人们成心欺骗别人时那令人恶心的表情？就像男人害怕

1　古希腊罗马神话中的怪物，其脸及身躯似女人，却长着鸟的翅膀、爪子和尾巴，生性残忍贪婪。

或是欲望被拒时的眼神一样，凯特。太恶心了。你不了解男人，对吧，凯特？你从没见过。"

如果他就地占有她，或者揪住她颈后那乱蓬蓬的头发不放，像匹发情的种马，那他就是禽兽。

但他没有。他带她看了剩下的地方，一个紧挨着套房的房间。他放开了她。

那个房间同样干干净净，白色，四边都有装着移门的壁橱。小抽屉、大抽屉、T恤、长外套、紧身裤。满目都是名牌衣服，数都数不过来。

一座白色的衣物宝库。

"你洗澡。挑选一下衣服，凯特，我们等一下再聊。如果可能的话，就少聊一会儿。"

"我和狗睡。"

"如果它愿意的话。等它的床干了以后，就放到你房间的角落里。要是有自己的床，我怀疑它是否还愿意睡到你床上。那狗床得好好洗干净，不然还会有母狗的味道。狗可不喜欢跟人搅在一起睡。你没别的亲人吗？"

"没有。是您、是你，说不要问问题的。你想从我们这里得到什么？为什么对我和狗如此慷慨？"

"为了追求幸福。这就是权利。它就在美国宪法里，是我一生中听过的最愚蠢的东西之一。"

"那你为什么还要追求它呢？幸福？"

"我不知道。今天的问题到此结束，凯特。去洗澡，挑选要穿的衣服。你可以在房子和花园里随意走，除了楼上，那是我和我父母的。"

然后，他出去了。冷冰冰的，若有所思，闷闷不乐。

"我讨厌有钱人，"米拉想，"如果我有钱，永远都不会这样。满腹秘密。"

可她不知道有钱会是什么样子，也不知道被爱会是什么样子。

有人放兰博进来了。它甩着身子，一股狗香波的气味。它的肚子鼓了起来，没有跳蚤，也没有虱子。让米拉惊讶的是，它没有跳上床，而是蜷缩到一个看起来像是属于狗的角落里打起了瞌睡。主人走出房间时，它抬起头。米拉穿着白裤子和 T 恤，脑袋两侧扎着两根辫子，兰博也觉得不错，她看上去干净体面，闻起来一股鲜花、柠檬和琥珀的味道，让人很不舒服。可是，又能有什么办法呢。

要有什么新鲜事儿，大家总会知道，现在已经没什么新鲜事儿了。兰博心平气和，酒足饭饱，睡着了。米拉出去吃饭，去吃那些她从没吃过的东西。

"鲈鱼、大菱鲆、牡蛎、鲟鱼、鳗鱼块，光吃鱼可填不饱肚子，"兰博沉沉睡去，"下午又是新的一天。我更喜欢羊羔肉。"

在狗和芬芳气味交织的梦境之间，巨人艾乌克里德斯拿进来一张狗床，洗净晒干、毛绒绒的狗床。他说"出来"，然后说"躺下"。兰博站起来，睡眼惺忪，然后躺到那个极大的毛绒布筐里，里面还残留着"女性气味[1]"。说到底，如果黑人和棕色皮肤的人能提供如此高质量的食物和舒适的条件，为什么不扭转对他们的仇视呢？

---

1 原文为意大利语 *odore di femina*。

第十四章

就这样。几周过去了，接着是几个月过去了。时间悄然流逝。

米拉慢慢知道一些事，但知道得很少。她说得更少，顺从于加百列的审视。而他，或者是她对他的热情，正改变着她的机灵和力量。

这是一场肉体对肉体的硬仗，没有性的欲望。强烈的肉体吸引，最终却未曾实现。

米拉揣摩不定，但她的幸福和快乐感是如此之强，有一段时间，她甚至感到了苦恼。她娴熟地自慰，那是在卡帕里卡那个类似淫窝的地方学到的，睡在柔软凉爽的大床上，她没有做噩梦，飘窗对着一片碧绿，兰博躺在死去的母狗的床上，在墙角打鼾。

这些是米拉知道的。一只心爱的狗，是母狗，属于加百列，它是在幸福中老死的。

"它没有遭受痛苦吗？"

"稍微有一点儿，它是安乐死的，爪子就握在我的双手中。"

他们坐在桌旁。与在玛法尔达太太家比起来，米拉吃起来要克制得多，在那里，他们觉得她粗鲁地狼吞虎咽非常好玩，与玛法尔达太太和克莱伯钟爱的重口味大盘菜很是匹配。杂肉炖菜、豆子烩肉、猪肠子。

在这里，每一道菜的量都很少，由不熟悉的颜色和味道搭配而成。米拉可以模仿加百列的举止，一遍又一遍，慢慢地，在安东尼娅嘲讽的目光和欢欣雀跃中自我克制。安东尼娅是负责上菜和收拾房间的，只会说克里奥尔语[1]。

"再吃块酥皮牛排，凯特。你不是在发胖，是在长身体。"

她是在长身体。力量、智慧和身子，都在长。他妹妹，不管她是离开还是死去，也不知道叫什么名字，她的衣服现在对米拉来说更合身了，她应该比米拉更高一些，那个神秘的妹妹。

"再吃些鲜奶油拌草莓。还有树莓。吃吧，凯特。"

加百列似乎也吃得津津有味。但他吃得很少。他是病了吗？他不愿与她同床共枕，这可能就是原因之一。因为镜子给她的感觉，落地镜、化妆镜或是堆放着华服

---

1 由皮钦语发展而成，其特征为混合多种不同语言词汇，有时也掺杂一些其他语言的文法。

的房间里的镜子，这些镜子都不会让她顾影自怜——她变得越来越美，好像是她自己，又像是另一个人。他为什么不想要她，为什么不占有她呢？

"罗兰多，我快要满十六岁了，这个年龄的人，胃口都很好。"

"我知道，你不必给自己找借口。秋天来临的时候，你就满十六岁，到该结婚的年龄了。这个轮回里，能将过去的自我毁灭修复更新。你是天蝎座，我也是。"

是因为这个，因为这个吗？他怕被指控侵犯幼女吗？但怎么会呢，有谁会知道呢？他们都这么年轻，而且与世隔绝。

或者世界就在那里，应该存在的整个世界都在那里。

米拉放下刀叉，没有打嗝。在那座房子里，身体的冲动要么被隐藏起来，要么会因惹人厌恶而受到惩罚。

身体原始的冲动，打嗝、放屁、生病。性的摩擦。都是死守严防的秘密。

然而，也有心领神会、皆大欢喜的转变，这是高级的愉悦，有别于不值一提的冲动或是不值一提的记忆中的低级性、持续性。

"你脸上的伤疤是谁弄的，罗兰多？"

"凯特，我问过你狗脸上伤口的事吗？"

是音乐。

是舞蹈。

是在海水里游泳，没有氧气瓶，也不穿脚蹼。

这是对幸福的追求，带着隐密和恐不能久远的折磨刺痛。

米拉学习舞蹈，学习游泳，虽然在人类物种的记忆里，跳舞不用去学，游泳也不用。与此同时，兰博也艰难地学会了，即使最强势的狗也不能越界，界限不一定都是人类制定的。

可怜的兰博，虽然快乐，却在经历了弑杀与被杀的记忆后，被爱和臣服扭曲了。就像它闻到的那房子里的每个人一样。在白色大宅的洁净和无瑕的秩序之下，是哀悼，一股失血的味道。它想要回到开口说话和听人说话之前的样子，回到狗群中，回到原始部落里，回到进食和交配前发出的咕哝声中。

"我不想，也不哭。我不需要这样把毒素挤出来。我是狗。"

在玛法尔达太太的庄园里，只有主人米拉和上天派来的赫尔米尼娅爱它、包容它。这里，有更糟之处，也有更好之处。每个人都对它微笑，仿佛它是一个善良的鬼魂，一只没有死亡记录的狗，一只和蔼温顺的动物。吃得好，被刷得干干净净，没什么可恼怒的。即便是女主人发情的时候也不行，她在大宅主人或其第一继承人领地的光环中，总是欲火焚烧。而他，带着甜蜜的记忆，用指甲挠它前腿的上部，让它在自家的绿地上随意奔跑。

"这只狗想去哪儿就去哪儿，老王。那边总有母狗跑出来，而且主人也会想要跟这种狗杂交的小崽子的。"

它毫不迟疑，眼睛盯着女主人的脚，"世界止于此，大海始于斯"[1]。

"去吧，伊万，我的就是你的。"

所有人都对狂犬微笑。对着这只平静的、金灰相间、长着黑斑点和白条纹的狗，它在没有农作物的产业里休息。没有菜园，也没有果园。一切都只是为了视觉和嗅觉的愉悦。一切都毫无用处。

所有人，也不全是。刚来的时候，布鲁尼尔德，总在沙发靠背和墙边柜的桌面上称王称霸的一只硕大的波斯猫，大到连逃开都不屑，只轻轻地咕哝了一声，朝兰博露了露针尖般的大牙。

"小心点，伊万。那是布鲁尼尔德，我母亲的猫。只要不是她的狗，它就是挖人家眼珠子的专家。"

---

1 源自卡蒙斯的著名诗句："陆止于此，海始于斯"。

"狗？她的狗？"

兰博怒气冲冲，开始无视这只动物，后来才意识到自己喜欢看它一只爪子这里、一只爪子那里，小心翼翼、轻盈优雅地跳到米拉肚子上蜷起来，一起在有时与加百列共度夜晚的厅里看等离子大屏幕上播放的电视或电影。猫脸上的目光已不再因愤怒而闪烁，脸靠在米拉脖颈上凹陷的地方，她抚摸着它俩，布鲁尼尔德和兰博，眼睛盯着电影《上海来的女人》，而所有的感官都集中在大家的主人加百列·罗兰多身上。

说到湖里的那对天鹅，鸭子，最后发现原来是鹅，兰博跟那一对的冲突就更严重了。在战斗生涯中，它从来没有哀号过，但在那里却哀号起来，手足无措，因为这超出了其实力可控的范围。

那对鹅生了一窝丑小鸭，六只，铅灰色。

园丁老王用中文警告过兰博，但意思表达得清清楚楚：

"伊万，伊万，你可别动那个脑子，鹅、老虎和蛇是最最狡猾的家伙。狗啊，随它们去吧。狗就是狗，是人类长了牙齿的手，天生就不聪明。所以狗是被训练成狗的。不然，就会变得很可怕，就像脱离狼群长大的狼幼崽。"

老王学识渊博，穿着黑色麻布拖鞋，头戴小圆帽，手里还拿了把修剪灌木的大剪刀。

但它们也太过分了。

大池塘的中央有个精心设计的喷泉，细细的水柱日夜喷涌而出。青蛙安安静静晒完日光浴后会从池边跳下来，鸟儿飞来喝水，拍打着翅膀洗澡。

兰博早上巡逻后，想去喝口水。公鹅、母鹅和那群茸毛球排成一行，看到兰博靠近，呱呱地叫起来，盛气凌人，怒气冲冲。

为了一丁点儿水，这也太过分了。一天早上，兰博走得更近了些。公鹅、母鹅发出可怕的尖叫，可以说是咆哮了起来，公鹅控制了局面。它展开铅灰色的大翅膀，朝兰博的脑袋冲了过去，当时兰博的脸已浸没在青苔色的水中。公鹅啄了它，还用翅膀拍它的眼睛。兰博怒不可遏，克服了对水的恐惧，跃过低矮的围墙，跳进池里，它站在边缘，脚仍可以踩到池底的泥。那只面朝兰博、一直保持战斗姿势的鹅，往后稍稍退了一下，没有表现出丝毫的恐惧，只有纯粹的愤怒。太无法无天了。兰博试探着冲过去，冲到踩不着池底的地方，它不大会游泳，不会用前腿往里刨水。它能像狗那样游泳，只是游得不好。它还不知道，水和山坡不同，不是用来攀爬的。水，要想速度快，得往里刨。那只鹅慢慢后退，发出鬣狗般呱呱的笑声，后来兰博才意识到太晚了。公鹅、母鹅一起扑过来，瞄准它的脑袋啄，它无法呼吸，只能呛水，或者转过头去，但它们逮住了它的尾巴，像撕扯一条活鳗鱼一般将尾巴扯伤了。

老王叫嚷着那句可怕的"我早就告诉过你啦"，但他没有下水。园艺剪刀在这场愤怒的冲突中能起到什么作用呢？直到后来，罗兰多听到老王和野鸭的高声尖叫，冲了过来。兰博快要被淹死了，痛苦万分，只能哀号，罗兰多冲过来帮忙了。他从那匹处事不惊、见怪不怪的卢济塔尼亚母马伊西斯的背上跳下来，冲进湖里，扬起马鞭，对着鹅说"去、去"，然后拽着兰博的后脑勺，把它抱到怀里，上了岸，对这只受辱蒙羞的猛兽表现出了极大的怜爱与同情。

"总有更坏的坏事，更恶的恶人，伊万。我们来把你擦干，带你去见你的主人。"

兰博背上的毛还竖着，头和尾巴都被啄破了，在他的怀里继续哀号，那是感激与羞愧的呜咽，最终才发现，那是双强有力的臂膀。

"一只鸭子，一只普通的鸭子。"

"是鹅，伊万。它们是罗马帝国的守护者，是家园的守护者。连那不勒斯的大看门狗都怕它们。汉尼拔的大象可能也不例外。它们抬起脚来，连那些翻越阿尔卑斯山后幸存下来的驯象师和武器都得纷纷落下。鹅，一

097

群愤怒的鹅，比阿尔卑斯山的雪崩还要吓人。"

这些话让人备感安慰。加百列·罗兰多在回家的路上继续说着，伊西斯自在地跟在后面，没上缰绳，也没有笑。兰博一直被加百列抱在怀里，他把艾乌克里德斯叫了过来，还有米拉。罗兰多没有训斥老王。老王用中文尖声哭诉自己面对野蛮丛林法则时的无能为力，小池塘上突发的暴力事件，失去一只疯狗可能导致丢掉工作，而疯狗曾被警告过，用蛮力来对付机智很危险。鹅强有力的机智。

他没有那么做。这位年轻的老板可是位好老板，学识渊博。只可惜，如此年轻便要丢掉性命。

家里，兰博的身子已经被弄干了，所有人都宠着它，尽管布鲁尼尔德带着嘲讽的微笑，它一定是笑脸猫的亲戚，兰博这么决定了。无论主人米拉是否想和加百列·罗兰多结成配偶，它都会用生命来捍卫他俩。因为它不仅活了下来，还得到了解脱。

它全身上下都印满了米拉和克里米尔达的吻，还被涂满了碘酒。米拉这个被迷得晕头转向的小女人，克制地亲吻了加百列的脸颊，仿佛一个感激的孩子。艾乌克里德斯把一盘食物送进客厅，还在往下滴的血弄到了波斯地毯上也没人生气。面对如此愚蠢、让人不齿的场面，布鲁尼尔德把脑袋和毛茸茸的屁股转向了另一边。

猫哪里挑战过鹅？除非是向那只离开母鹅保护的幼崽。

那就是它的族群，它的部落，兰博想着，在众人的关注中，舒舒服服地把四肢舒展开来。即使是为布鲁尼尔德，它也会不顾一切，保护它免遭狗、棍子和铁器的伤害。

狗就是狗，但当爱有幸落到它头上时，它是感恩的。

安东尼娅是个爱哭鼻子的，她甚至真的哭了，手里拿着兰博的水盆，往它受伤的鼻子和眼睑上撒水。

"多可怜的小狗。鹅是坏东西，跟野兽一样，是河里的鲨鱼。"

兰博飘飘欲仙起来。

"可它们有小幼崽要保护，安东尼娅。"

是加百列·罗兰多让家里重新恢复秩序，回到了正轨。

"善良的人让我软弱。"兰博心想。

但对它那正从危机中平复过来的狗脑袋来说，这一切都过于复杂了。要它靠近那长着翅膀的毒物们待的池子，再也不可能了。

第十五章

接着，是一个暴风雨肆虐的夜晚，即使在这座能自动隔冷隔热隔噪音的智能房里，在这座构造极其巧妙的房子里，都能听到远处一次次后浪扑前浪的咆哮，浪头在岩洞中炸开，跃过悬崖巨石，把瓦片玻璃建筑物和沿海墙推倒，盐水浸透高尔夫球场、酒店花园和度假别墅，越过世间众生及其所有，不分贫穷和富贵。

仆人们焦躁不安起来。他们吃饭、休息、睡觉和娱乐的区域也有电视。难道那是一场海啸、一场飓风，让人将目光和同情从远方的断瓦残垣上移开？

傍晚，大海的那边，天空高处变成了无情的漆黑一片，笼罩着下方银色的空气和水面。厚厚的黑色卷云将自然界的所有元素糅杂起来，旋转翻滚，雷声在胸腔中敲击，几乎与此同时，噼啪的闪电划破天空。双层玻璃窗仿佛是半透明的钢铁，纹丝不动，玻璃窗外边，所有的树木似乎都受到折断和死亡的摆布，只有皇家棕榈树除外，树冠光秃秃的，树枝如同高高的柳树一样弯曲。

布鲁尼尔德和兰博蜷起来依偎在一起，就像家畜在危险和生病时所做的那样。米拉柔软的身体没在中间隔着，主人们的身躯，柔软、温暖。

加百列·罗兰多把所有人都叫到楼下最大的客厅里。他把所有人都叫进来了，仆人、门房、园丁。

"是世界末日到了吗？"克里米尔达抱着安东尼娅，惊恐地问道。安东尼娅又哭了起来。

大家都穿着睡衣，准备把头埋进床里，害怕了要藏身的地方。在对灾难的恐惧中，他们既没吃东西，也没想着吃东西。米拉穿上了第一天来时穿的衣服，外面套上了现在已经洗净的白外套，好像又要重新上路似的，阿拉法特山朝圣的平静过后，又陷入了恐慌，而她的思绪已或多或少地飘远了，等这一切都过去，哪怕只有她和她的狗才能脱身，不管是在屋顶上，还是在橡皮艇里。

"世界末日？"

加百列笑了。

"这栋房子就是为撑过世界末日而造的，我们会跟它同生共死，克里米尔达。大家把地毯卷起来。你带上装湿衣服的塑料袋，克里米尔达。你带上棉布，安东尼娅。带上你的手风琴，艾乌克里德斯，还有你，伊戈尔，带上巴拉莱卡琴。老王，带上月琴和三角铁。米拉，真丢脸啊，我的女朋友总是要逃跑。大家都去换衣服。穿上你们最好的衣服，别穿工作服。"

"我们在弹尽粮绝之前开个派对吧。"

"我的女朋友？"

米拉穿了一件红色低胸宫廷长裙。她的心发出震耳欲聋的轰鸣，丝毫不逊于外面的疾风骤雨，无法平静，无能为力，"我的女朋友"。让雷电尽管落下吧。棕榈树跳着华尔兹，她也将跳起舞会的第一支舞。可以是一支慢三步华尔兹，在打了蜡的或大理石地板上停顿、滑行，就像他教的那样。或者是一支富纳娜舞，她边跳边咧嘴笑起来，只有他才这样教过她，如同在水下，睁开眼睛，看到水和暗淡的水底的美，肩膀之间的头部突然转动之际，世界是半透明的，皱起鼻子屏住呼吸，延迟的呼吸，不再恐惧水漫到脸上，那是他教她的。通过舞蹈。

"潜下去，把头潜到水里。不要思考。当我跟你翩翩起舞的时候，让身体跟随我的舞步。不要思考。让舞蹈自由发挥，大海会拥抱你。我们就是从那里来的。不要思考，小俄罗斯人。以后或者明天再思考。"

明天她会考虑的是自己做点什么，他倒是想得美。他，皮格马利翁[1]，而她难道是任人揉捏的芭比娃娃？

---

1 希腊神话中的塞浦路斯国王，善雕刻。他不喜欢塞浦路斯的凡间女子，于是雕刻了一座美丽的象牙少女像，并把自己的全部精力、热情和爱恋都献给了这座雕像。爱神阿芙洛狄忒被他打动，赐予雕像生命，并让他们结为夫妻。

如此多的书，如此多的故事。

莫非他是年轻的蓝胡子？

大客厅变成了舞池，一座亮堂堂的迪斯科舞厅，与他曾带她去看的另一个舞厅截然不同。她讨厌刺眼亮光和漆黑一片之间的突然转换，讨厌那些像无人操控的木偶一样跳舞的人，使劲地晃动身体，既不优雅，也毫无活力，那些人的舞跳得不好，手臂、腿、身体与灵魂都跟不上节奏，在碎镜面球灯下，魂灵出窍，无法投入，只是被人看到在那里跳着舞。支离破碎。不会快乐得咬紧牙关，那种发自内心深处的快乐：游泳、跳舞，只有两个人，与他，与世界。全方位感官的空虚与深度，伴随着节奏。可来自哪里？又属于谁？

"我试着去思考，却怎么也得不出结论，我无能为力。我是头蠢驴吗？"

在一个愉悦宁静的夜晚，她对加百列说。

"欢迎来到我的世界，"他笑着说，"但你懂得如何让自己投入，凯特。你永远都不会为肤浅虚假的性感而感到羞耻。相信我，就有这样的人，通常隐藏在精打细算、深思熟虑的话语中，隐藏在死气沉沉的躯体里。我们不是蠢驴，我们是野蛮人。驴可是一种有教养的动物。"

"我不明白。"

"我也不明白。你真的叫叶卡捷琳娜吗，凯特？"

米拉很想说出自己的真实身份，却遏制住了这份冲动。她还没告诉过他，自己想回家，却不知道家在何处。去往东方，去往莫斯科，就像契诃夫笔下悲伤的三姐妹。可她无法确定，加百列是否就是她的家，或者只是途经南部时的一站。"中途驿站"，正如他们用他们自己的语言所说的那样。

那个大客厅，毗邻入口的大厅，已经变成了舞池，所有灯光都亮了起来。

外面，飓风肆虐，海水汹涌，被大风刮打的树林吼叫着。白色的房子沉默不语，纹丝不动，从基座到屋顶，牢牢扎在地里，扎根在更深的土地中，一块活生生的顽石，牢固地矗立在海水和岩石之间。

她怎么会想过从他身边逃开，从这安全的房屋里逃走呢？带着狗逃走，再次陷入旅途辗转之中。恐惧会把爱抹去，只留下身体本身的轮廓吗？

"会抹去的，会的，"祖母说，"对记忆的记忆，或创造出来的记忆，都会被抹去。是的，这就是恐惧的罪恶，它会将别人从你的身上抹去。如果你的祖父倒下，死在我面前，我会拿起他的拐杖，跟着再前面的那个人，穿过山谷，迎着风雪，背上锅碗瓢盆和我们的小火炉，抱着你的母亲，她还小，是我的骨肉。"

"那兰博呢？"米拉心想，她的耳朵上挂着黑玛瑙耳环，搭配镶有珍珠的罂粟红裙子，平底的黑色肖皮纳鞋，它们都属于墙上挂着的那个应该是或者被说成是妹妹的人，"那狗呢？"

兰博是我的骨肉，兰博就是我。

看到镜中正为派对梳妆打扮的自己如此美丽，她笑了，恐慌暂时被压了下去，而围绕着派对的，是可能大难临头的气氛。

兰博蜷缩在软垫床上，用爪子夹着布鲁尼尔德，布鲁尼尔德看上去好似一只受到惊吓的幼崽。兰博抬起头，但没跟上去，让米拉走了。

"我就是兰博。"离开房间之前，米拉大声说。

狗笑了笑，耸了耸狗的肩膀。它仍在害怕外面的一切，害怕人类听不到的种种声音，但她不怕。此时，她不需要它。

记忆中的声音快速，使人失去判断力，仿佛绿光一般。米拉听到，被杀死的玛法尔达太太在最后那天晚上和克莱伯交头接耳，讨论他们的私事。

"只有小孩、同性恋和老人才会用这种热情幼稚的方式来喜欢动物。真是病态。"

"还有天才，玛法尔达。看看尼采是怎么亲吻那匹被打得血肉模糊的马的。"

"精神错乱，精神都被搅得错乱了。莎士比亚和卡蒙斯就没有狗，克莱伯。"

"谁知道呢？莎士比亚肯定有，全英国都有狗。丘吉尔的是欧洲斗牛犬，他的脸上写着呢。至于卡蒙斯，如果没有，就太可惜了。他竭尽全力咬文嚼字，可谁知道呢，关于卡蒙斯，我们知之甚少，略知一二而已。"

"够了，恩斯特。德国人那种拖延推诿的倾向在希特勒身上就能看到，他可喜欢狗和小孩子了。必须弄死这只狗。"

"既然说到这个，那女孩也是。她长得像犹太人，厚厚的头发，纤细的鼻子，你不觉得吗？还有出色的装傻充愣的智慧。"

"操你娘的，恩斯特，你被那个女孩迷住了，不管她有狗还是没狗。你这个鬼迷心窍的醉鬼。"

"酒中存真理，亲爱的玛法尔达。夫人您，说到底，也就是个没灵魂的老鸨，有的只是客人。"

几秒钟的回忆让痛苦渗透了进来，米拉打开自己房间那扇肃穆又奢华的门，融入到了住在这房子里的人为之狂热的事情中去。她为这次不寻常派对所选用的借来的装扮，博得了众人的交口称赞，在高声的夸奖中，悔恨与恐惧的余波便渐渐淡去了。

加百列·罗兰多，整个系统运作的主宰与行家，下令关闭所有高高的遮光门，这些窗门在铰链上转上一转十分难得，他还命人关好所有的动物，把屋子里的灯都打开，虽然此举在如此猛烈的暴风雨中实在是并不可取。他已经叫人把能找到的最好的食物和饮料都拿了出来，放在靠着结实的承重墙的一张大桌子上，看上去应该是都拿出来了。他咧开嘴笑着，紧张地看米拉入场。米拉高高在上，通身鲜红，散开的头发如火焰一般，脚上和耳朵上戴着黑玉。红衣女郎。而他一身黑，穿着丝绸衬衫和亚麻长裤。

音响的声音开到最高，罗兰多充当 DJ，每个人都打扮得光鲜亮丽，已经酒足饭饱，却还翘首期盼，希望好戏还在后头。

"红与黑，亲爱的，多好的选择啊，我的美人。"

米拉感觉受到了冒犯。

她一边思索，一边体会。然后说道：

"我是俄罗斯人。我们曾用镰刀似的嘴巴和锤子般的牙齿把世界撬了起来。你一定要用这么低俗的话来欢迎我吗？"

"天哪！这里也有阶级斗争，都过去了，凯特。吻我，凯特。"

音乐停了，他把她搂在怀里。所有的仆人都静静地注视着。

一支施特劳斯的华尔兹舞曲骤然响起，是《蓝色多瑙河》。

米拉抓起裙角，轻松自在地被带着舞动，她的裙子是用顺滑透明的布料做的，没有衬里。

她可以化身为那么多个女主角啊。

兴高采烈的观众们开始伴着维也纳大交响乐团胜利的高调，和准拍子，唱了起来。米拉和加百列·罗兰多稳稳地飞旋舞动。

音乐停了。罗兰多给众人分发散装大麻烟，鼓励大家多喝一点，从精致的香槟到强劲的烈酒。无人抗拒。他们正在回忆，也正在忘却，大家有可能都在那里命归黄泉，被如注的大水埋葬或吞没。

"托尔诺[1]，"加百列喊道，"跳托尔诺，安东尼娅。"

克里米尔达和安东尼娅坐下来，膝盖上是装满了湿衣服的塑料袋。此时，两个音箱里骤然响起了震耳欲聋的打击乐声，节奏急促起来，两位女士跟着拍打膝盖上的袋子，一会儿和着节拍，一会儿又不按节拍。伊戈尔和艾乌克里德斯全情投入，老王拿出了三角铁。加百列再次搂住米拉，两人的身体缓缓摆动起来，仿佛在跳科

---

1 佛得角的一种舞蹈。

拉德拉舞，他的眼睛盯着安东尼娅，发出邀请。拍打声
与调子的节奏越来越快。

于是，安东尼娅站了起来，把墨蓝色与白色相间的
棉布系到了臀上。她开始跳舞。

"脚后跟牢牢踩地，凯特。"罗兰多大声喊道，好
让她听见。非洲的舞蹈不飞旋，不跳跃，它来自地面。

"脚踩地，刀拿在手上。跳呀，安东尼娅。"克里
米尔达喊道，灼热的手拍在湿衣服袋子上，这鼓很是
寒酸。

接着，安东尼娅举起双臂，挺直了背，好让人看清
她的绝活，开始轮流抬起臀部的两边，或者是两边同时
抬起，屁股仿佛脱离了身体其他部分，脱离了大地，现
在是脱离了大理石地面。臀部摆脱重力的每次扭动，都
是如此的不可置信。安东尼娅笑着，咧开嘴分享快乐，
独自却又和大家共同跳舞。

接着，她停下来，扭摆着身子，把棉布围在了米拉
窄小的胯骨上，米拉甚至都没去试着像她那样舞动，尽
管她意识到这并不算挑战，而是一种拐弯抹角的亲昵。

她们停了下来。音乐停了下来。

好心的克里米尔达过来，解开了米拉身上的棉布。

"别管她，小姐，你跳不来的。安东尼娅是圣地亚
哥一个鼓手的女儿。我也跳不来。这是与生俱来溶在血

液里的。她们在母亲肚子里就已经会打托尔诺拍子了。"

"血会把血引来。"米拉想起来。

更多舞曲响起，来自世界各地。伊戈尔和米拉跳的玛祖卡舞很受欢迎，她还记得要用牙齿把手帕咬在嘴里。

拂晓时，众人都瘫倒在黑白色的细皮沙发上，沙发都推到了维护良好的墙壁边上。加百列·罗兰多摇摇晃晃，靠无法动弹的肩膀或是胯部的力量，去开一扇遮光门。米拉蜷缩在克里米尔达和安东尼娅之间，睁开了一只眼睛。

外面放晴了。白色的高空，没有风。

兰博出现了，懒洋洋地晃动着身子，来找早饭吃，还想去外面抬腿撒尿。罗兰多打开了门。南洋杉不再对称，此外，户外的一片沼泽里，几乎看不出更多的狼藉。

"来，凯特，我们去睡觉吧。"

他们一起睡在了米拉的床上，和衣相拥而眠。

当她醒来时，他已经不在身旁了。

一切恢复如常，好像什么也没有发生过。

米拉起身，脱下裙子，换上时髦的休闲服，这是她现在最主要的穿衣风格，然后去查看暴风雨造成的损毁情况。经过安东尼娅身边时，安东尼娅躲开了，脸上带着乞求的微笑，还躲开了她的视线。艾乌克里德斯告诉米拉，狗和猫已经吃了两次，但也躲避着她的目光。

"经历过危险会让你饥肠辘辘，小姑娘。如果不死，就会发胖。"

米拉把这话翻译成俄语："不致命的东西，能让人发胖。"

他们笑得太过，笑得太多。每个人都希望能够被体谅，彼此体谅这次不分高低贵贱的狂欢，好让他们还有这座屋子，来抵御死亡的恐惧。

兰博很讨厌爪子上沾上盐渍泥浆，这里一脚，那里一脚，寻找不多的可以下脚的干燥地方，石膏碎块和木头装饰残片上。它跟着米拉，情绪低落，朝跳出来的蝾螈和螃蟹咆哮，它们被女主人的靴子斩断了去路，晕头转向。

老王面向一年生植物的苗圃，呆呆地站着，伤心欲绝，双手抱脸。他每年都会移栽那些花花草草，珍贵幼嫩的仙客来和菊花，当它们尚在盆里的腐殖土和泥炭土襁褓中时，就从一个花坛挪到另一个花坛。

下午的空气很清新，没有风，白茫茫的一片，几近傍晚时分。从苗圃向远处望去，可以看到宁静安详的大海，苍白失色，仿佛什么都没有发生过。一切都停滞了。

苗圃的地上有一些花盆，许多都被掀翻了。还有一些较重的花盆，种的是秋海棠和鹤望兰，兰花和过手香花枝上光秃秃的，它们立在那里，极其沮丧。所有的植物上都有玻璃样的碎片在闪亮。三角形的，闪闪发光，覆盖到了一切之上，标记着盐分的破坏作用，它会偷偷杀死幼嫩的根，或是冬天休眠的植物。

老王哭了。不是因为白费了辛苦，而是因为失去的美丽。

当看到米拉模仿他的姿势，用双手托住绝望的脸时，他便把手放到腹腔上，命令自己放慢呼吸，接着再把双手摆在胸前。他说：

"园丁很伤心。"

米拉回答："我也一样，什么都没了。"

"不是这样的，"老王说，"小姐，中国人不怕辛苦，可以重新再来一次。一次，又一次。你想想吧。"

克里米尔达从旁边经过，笑了出来。用手臂和握住的拳头，她两边各抱着一个巨大的塑料桶。她也有珍珠般的牙齿，仿若珍珠项链的一排牙齿正面缺了一颗。其中一个桶里，装着两只无助的鸡，半死不活，湿漉漉地发抖；另一个桶里是湿衣服，现在已不被当作鼓来敲了。

"对啊，你想想看，中国丫头。想一想，然后重来一次。这可不像黑人。对吧，小凯特？"

这些话是喊出来的，因为她已经走远了，还兴高采烈地向米拉作了个揖。"黑人边干活边开玩笑。不能去想自己是从哪里来的，时间不够。你想想，老王，你想想，小姐。你们替黑人想想。黑人不会思考。活着是黑人唯一想得起来的事。所以你们看，几千年的思考要来干什么？活着享受生活才是最重要的。"

她停下来，两条胳膊上各挽着一个大桶。

"昨晚我们就像一个幸福的家庭。这就是我想的，想到便不再难过。我要把这两只鸡烤了，给等会儿的晚饭加菜，哦，老王，你调味用的香料植物还有多余的吗？你们想想，想那么多有什么用，他妈的，要不想想，我是津加女王或是康多莉扎·赖斯？我还要用鸡骨架做米饭。可怜的母鸡，但更可怜的是草，是野草。哪天连大米都要没了。"

她走了，留下更多缺了珍珠牙的珍珠般的笑声。

她走了，去做众人容身的屋子里的事，只要还有事可做。

"我们怎么可能输给那些没理由的人呢？"米拉想，她在罗兰多的一本书中读到过这句话，是边查字典边读的，《模糊的冒险》，作者是一位黑人酋长，叫阿米杜·凯恩。

"是什么原因呢？"

老王一直都在静静地思考，他的目光极其迅速地扫过每一样残枝败叶，也许还有生机，它们还活着。他的生活。

经过一夜的磨难，兰博壮起胆，边拉米拉的牛仔裤边说话，而她则听着：

"我们回家吧。这一切都让人太累了。"

"你是个暴君，兰博，一个隐藏在忠心耿耿背后的暴君。"

"只有把我训练出来的人才知道。"狗一边说，一边幸福地朝狗碗的方向小跑过去，还一边甩着爪子上意外沾到的烂泥，这是爱它和它所爱之人的私有领地上的泥巴。

鹅群躲在用石头和苔藓堆砌的小城堡里，在狂风暴雨中毫发无伤，假装没有看到兰博兴冲冲地从台阶上经过，踩着大海莫名其妙跨过陆地后留下的残余和泥泞。

少了一只小鹅，它被退去的大潮卷走了。可鹅父母没有注意到，它们正忙着把剩下那堆孩子保护在羽翼之下。"父母的痛苦是有限的，它存在于鸟类的天性之中，在天性之中。"米拉思索着。

"勇者和弱者的命运非常相似。"看到成员减少了的幼鹅群飞快、开心地游着水的米拉，心里这么想道。那一团团的绒毛球兴高采烈，整个家庭丝毫没有悲伤的痕迹。

第十六章

暴风雨当晚，卢济塔尼亚母马伊西斯，在铺满新鲜干草、装了钢木门的马厩里，安心地生下了一匹小马驹。

小马驹的出生比计划要早了一些，不过当艾乌克里德斯发现它时，它已经站了起来，脐带垂在那儿，正在使劲地吃奶。

这个好消息更让房子里的人确信，生活还在继续。

加百列·罗兰多给它起名"雷霆"。他说，这名字挺俗气，却也恰当。他还说，好品味并不总能切合实际生活。他把马驹当作生日礼物提前送给了米拉，家里所有人都赞同，米拉高兴极了。

"它可值钱了，小凯特，"克里米尔达说，"母马是跟特茹河以南最名种的家伙交配的。老板付了好大一笔钱。"

"罗兰多老板？"

"他是母马的主人，小姐。"

克里米尔达闭了嘴，不再说谁是房子的合法老板。

十六岁生日之前的几天里，除了小马驹之外，米拉还收到了几份提早到来的礼物。她每天都要和小马驹亲热一番，这让兰博很不高兴，它对那几条已在草地上蹦跶却还无法炝蹶子的细蜘蛛腿不屑一顾。它也不喜欢普通的马，和主人一样，非常担心在结实的大白白齿前面或屁股后面经过时，却永远不知道它什么时候会发飙。只要是神经质的动物，兰博都不喜欢，一点儿都不。

在它血腥的格斗生涯中，没有什么比怪胎杜宾犬更难杀死的了。杀死这种狗甚至都让人感到遗憾，因为它们张口就咬，什么都不考虑，也没有策略。它们无法存活，却可以因为紧张和无能，咬在最意想不到的地方，比如尾巴，或者是大腿内侧，这种失误最让人害怕。

其他的狗，它觉得都好对付。瞄准那些庞然大物暴露在它面前的脖子，看它们带着无奈的高贵，倒在血液和粪便之中，它们不曾受过此类训练——面对一只能把其他狗杀死的狗。一次，有人粗鲁地大笑着，把一头家养的狼带到它面前，看看会怎么样。那只动物翻了个身，腿朝天，把肚子都露出来，彻底屈服的样子。兰博甚至连碰都没碰它，既厌恶又觉得它可怜。

就这样，米拉开始在她第一个幸福重要的日子来临之前收受着礼物。那房子里的人比她自己更执着地追求她的幸福，她开始犹豫不决，一边是现在的挚爱，一边是曾经爱过的雪白美丽的俄罗斯，钟爱她的温柔祖母的怀抱，没什么能向她保证，是否依然存在。除了狗的不离不弃和自己的猜忌之外，没有什么能保证她找到一个永远幸福的地方。

大狗兰博想要一个有爱心的主人，不会无缘无故地给它戴上口套，也不会无缘无故地强迫它去弑杀。

她，米拉，想要一个可以让她无限成长的庇护所，却不知道在哪里。

十七岁生命开启之际，她收着礼物，受着宠爱，却感到困惑，此番顺境，在她眼中似乎不是个可以持久的好兆头，她有理由这么相信。

她在电视上看到过。或许她兄弟中的一个，远离家乡，却在一夜之间成了千万富翁，从以前的英国老板那里买下足球俱乐部，重整旗鼓，来跟美国人抗衡。或许吧。或许她被收留，现在祖母成了一位阔太太，戴着花边头饰，衣领结上佩着象牙琥珀双色胸针，一位年迈的老太太，只要还活着，就在没法找到她米拉的地方寻找她。

这些都是梦，让她感到有些苦涩。她还很年轻。"既来之则安之吧，兰博，以后我们再看要去哪里，如果我们得走的话。"

狗也不想听别的话。

于是，米拉继续收着提前进入欢庆气氛的房子里的人给她送的礼物。

一个涂了漆的小乌龟壳，奇丑无比，一条特意把颜色做旧的棉质长裙，一朵白色兰花，是从老王的苗圃大难里被奇迹般抢救出来的。花放在养罗勒的花盆边，米拉不寒而栗地想起，罗勒还有另一个名字，叫做巴西叶。在玛法尔达太太的家里翻阅前拉斐尔派画册的时候，曾看到伯恩·琼斯的一幅画，他的画总是会讲一个故事，玛法尔达太太说，那画里有一盆罗勒，被一位悲伤失色的女子深情地拥在怀里，因为偷偷埋在里面的，是她那被谋杀的爱人的头颅。

她还收到一个带铁刺的项圈，这一定是守门人伊戈尔给兰博的。虽然没有必要，但兰博还是同意偶尔戴戴，好显得气势威猛。

秋天快到了，十月迟迟不去，恢复过来的园子变红了，呈现出各种色调，从紫色到金黄，而充满异国情调的矮松和雪柏自顾自地投下绿色的阴影，与之形成了鲜明对比。米拉漫步在扫过的石子路上，兴高采烈地徜徉于树冠洒下的光影婆娑之中，栗树、胡桃和梧桐树上掉落的针叶发出闪亮的绿光。

兰博戴着它的铁刺项圈，跟在她后面，或是带领着她，它总是警觉地跟在她身边，步子慢悠悠，一副满足于身居要位的感觉。作为私人保镖的狗是不能乱走的。

就在一次这样的早上例行散步回来后，米拉发现自己房间里装了一台小型便携电视，还配上了播放机。

旁边附了一张加百列写的纸条，上面写道：

"小公主。等我们离开这里，接下来要送你的便是电脑了。"

米拉高兴极了。加百列·罗兰多已经告诉过她，他忙完手里的工作时，就会把什么都教给她。米拉不知道是什么工作让他一直在上面的楼层忙活，有时那里会飘来音乐，古典音乐或非常精致的流行音乐，佛得角和巴西音乐，甚至还有法多。米拉驻足聆听，不明白是什么工作需要那样的背景音乐，虽然他时不时会在深夜的时候下来，浪费点时间和她一起在楼下小厅里看新闻或电影，小厅里还有一台电视，是他从聚宝盆似的楼上拿下来的，或是看看她在看什么，比如他鼓励她读的书。

似乎有那么一个想法，一个系统，而实际上是一次培训，虽然没有固定的时间。这不同于已故的玛法尔达太太那位随性大师的家里的做法，也不同于克莱伯的。

在大房子里，电影和书都是偶尔才看的，而且是其他类型。音乐剧、轻喜剧，都不是沉重的东西。最多，也就是雷诺阿的片子。艾森斯坦的片子还是因为她的母语才做出的让步，米拉原本应该是激动的反应，却是一脸冷漠，所以倍受指责。因为表面的无动于衷，他们没听出其中隐藏的激情。

也许克莱伯能懂，但他装作不懂她的样子。

在这里，加百列·罗兰多操纵着米拉情绪的起伏，就像是在测试一样工具的潜能一样。

布列松、伯格曼、戈达尔、塔可夫斯基和帕索里尼，并不是所有人，也不是一次能全部看完。加百列让她在睡觉前反复地看，让她思考，世界是辽阔的，崇高亦无国界。面对女孩的矛盾，他怡然自乐。米拉看了无数次沟口健二的《杨贵妃》，却更爱在深夜沉溺于《芬妮与亚历山大》神秘的甜蜜或是宫崎骏《千与千寻》《哈尔的移动城堡》同样神秘的画面之中。

他没有嘲笑她的单纯，因为他毕竟只比她略大一些。

他没有问很多问题。他听她尝试着去评价事物，为起源和去向的奥秘而颤抖。米拉曾向他承认想去东方，回到东方去。也许成为一名艺术家，回到艺术学校学习，在那边，不论那边是在哪个地方。

"就像《名扬四海》里的学生一样，你看过电视剧《名扬四海》吗，加百列？"

他用似乎是从书里看来的句子回答了她：

"太欢乐了，过于欢乐了。这就是纽约的问题，或者是美国的问题，凯特。即使是穷人，也装出欢乐的样子。你已经看到，当他们不知道该做什么时，就会微笑，总是在微笑。那只是动动嘴角，为所有的一切道歉。至于我，在残破的记忆乱麻中，生来就有一种强烈的悲伤欲望。"

"你是个不快乐的孩子吗，罗兰多？"

"我们不都是吗，凯特？"

"童年是一个奇妙的国度，我们都因认识到死亡或残忍而被驱逐出来。有些人的认知更深，有些人的认知更早。现在，去睡觉吧，凯特。别再看那些让你怀旧、让你悲伤的电影了。我不想你难受。我非常喜欢你。"

接着，他离开了，走上楼梯，敏捷而优雅。

"我非常喜欢你"，他并没有说"我爱你"。米拉很沮丧，因为他们之间没有亲昵的举动，也没有亲吻，至少该有些亲昵的举动吧，她生气了。接着，她回到房间，砰地一下关上了门。

"假正经，蠢东西，该死的书呆子。"

兰博从软垫床上抬起头，睡眼惺忪，关注着她的愤怒情绪。

"还有你，蠢狗，只会拖我生活的后腿。"

兰博转过身把屁股对着她，蜷成一团，爪子放在耳朵上，伤心极了。

米拉为这次不公平的无理取闹道了一千次歉，无数次怜爱地亲吻了它额头上的白斑，兰博才重新睡着了，睡着之前一直在叹息，面对人类的情绪波动，自己是多么的无奈，而且还必须保持耐心。

米拉钻到床上，把枕头拍松，让自己舒舒服服地坐着，然后打开了全新的电视机，这是她第一次用。

荧屏上正在现场直播，玛法尔达·埃文斯太太和一位非常漂亮的文化记者，记者黑色的长发飞扬着，这应该就是为什么她似乎什么都听不进去的原因，不论是问题，还是向她做出的回答。

不过没关系，因为玛法尔达·埃文斯太太似乎也在思考其他事情。现场还有一位艺术评论家，他穿着休闲西装，戴的丝巾遮住了喉结，但喉结突出得太厉害，时不时会钻出来。艺术评论家和那位头发飞扬的女神正在祝贺，祝贺玛法尔达·埃文斯太太回归人物画，祝贺她的下次展出，展品正在前往东京途中。

米拉从床上跳了起来，跪到床脚边，抓住擦得锃亮的床架。

兰博再次警觉起来，跑到她身边。当它看到（一些獒犬能非常熟练地观看三维图像），当它看到是玛法尔达太太、那个原本可能要将它置于死地的刽子手时，只是嘶吼了一声，就又回到了床上。图像没有气味。那不是她。

米拉目瞪口呆。她是把她杀死了，还是没把她杀死。这并不能减轻她作为杀人凶手的罪恶，重要的是企图，可现在总算是一种解脱。一份大礼。

年轻美女的黑亮飘逸长发构成了一道移动的帷幕，瘦骨嶙峋的评论家渐渐淡出，在这样的衬托之下，玛法尔达太太喋喋不休。

"……我诱导性昏迷了好几天。我觉得可以这么去想，我的作品亟需翻天覆地的改变，正如你们所知，就是这个原因导致了疾病，短暂的心脏衰竭。艺术家是把心放在双手上思考的，不是吗？"

另外两人随声附和，镜头紧随其后。特写镜头中，一个头发如乌鸦的翅膀般翻飞舞动，而另一个则在用力吞咽，喉结上下起伏。

"……昏迷期间，我见到了非常奇怪的东西。就像是非常生动的梦，后来我就画到了画布上，要带去日本展出。很现实的梦，你们知道是怎么回事吗？"

那两人不知道，但点头称是，对自己如此简单的答复感到满意。

不能向天才提太多的问题，这样一个天才，表面如此简单、直接，简单得好似一把单刃刀。

节目的最后，出现了一幅油画，只有一幅画的特写，占据了整个屏幕。

那是一幅奥克塔维亚娜的肖像画，双膝张开，兰博坐在她的两腿之间，后腿支地，额头上的白色斑块在整幅构图的中心。奥克塔维亚娜身穿一条带褶皱的灰黑色裙子，长满老茧的双手交叉着放在狗的胸前。她脸上带着傻乎乎的笑，侧着头，梳了辫子，心满意足地微笑着。上方，画的右上角，长了翅膀的伊斯梅尔停止了飞翔，全然一副变态天使的模样，他痛苦地假笑着，微不足道，在这显然非常淫秽放荡的场景中，身体不动，拍打着翅膀。

"难道不是这幅画吗？"评论家问道。

"就是这幅画。"画家和记者说道，这回总算是异口同声了。记者重新整理了她那始终处于蓬乱状态的头发，画家尽情地笑着。前排长歪掉的牙齿使她看上去非常滑稽，一颗门牙凸在其他门牙的外面。

"是的，是在装箱之前拍摄的。"

"是装箱送到东京展览吗？"

"对的。画的名字叫做《疯狗的胜利与小白帽的遁逃》。这可没让货运代理少发笑，他们通常都不看自己包装的是什么。我很喜欢让对绘画一无所知的人笑一笑，或者让他们害怕。"

接着，她又干笑了几声，那目光冰冷的笑，具有让人不寒而栗的魔力。

画的另一个角落里，有个人影的轮廓，那是一个戴帽子的小人的背影，白色的外套飘扬着，脚穿一双带搭扣的漆皮鞋，画家采用了细密画的精确手法。那是一个孩子。

"她原谅了我，或者是不明就里。"换上睡衣前，米拉用俄罗斯方式画了十字。

"感谢上帝，有时候邪恶是愚蠢的。祝她活着的灵魂平安。"

可当她一遍又一遍地读着加百列写的纸条时，痛苦又汹涌而来。"我们离开这里"，可去哪里呢？

第十七章

大日子终于来临了，到了这个季节，夏日已经过去，天气却晴朗炎热。米拉让百叶窗半开着，醒来时，一缕阳光洒落在她温热的额头上。安东尼娅敲门进了房间。她的脸上挂着比嘴巴还要大的笑容，手中是一个五星级酒店的托盘，米拉只在电影或巴西豪门电视连续剧中见过。玛法尔达太太都在厨房里吃早饭，不知吃了多少次前一晚剩下的黑豆炖肉，配荞麦咖啡，还有烤干面包。

兰博从开着的遮光门出去，进行"领主视察"，转了一圈后来到厨房，那里的气味比主人床上银托盘里温热的牛角面包、果酱和水果篮的更香。银托盘的中间有一个小花瓶，里面插着一朵本季最晚开放的玫瑰花。

在多次向米拉热烈地祝贺了"生日快乐"之后，安东尼娅回到走廊，取来一个大盒子，上面系着一根长长的粉色缎带。

"是罗兰多先生的。"她一边说，一边笑着露出了更多的牙齿，如果还有更多牙齿的话。

米拉推开托盘，擦了擦手上和嘴上沾着的新鲜黄油和淌着的果汁，就冲了过去。安东尼娅待在那儿没走，和她一样，对这个豪华包装里的东西满心好奇。

米拉唯恐自己会大失所望，但这种焦虑又缓和了害怕的情绪，于是她揭开了盒子里的丝绸纸。

那是一件真丝睡衣，亚光的，布料柔软，领口很低，镶了凸纹花边。

"新娘礼服。"

安东尼娅惊讶地提高了声音，双手交叉放在胸前。

"是睡衣。"米拉回答说，困惑、喜悦与害怕交织在一起。盒子里另有两样东西，还有一张打开的卡片，上面的留言令人心神激荡：

"我亲爱的凯特——

收到这些礼物之后，今天之后，

你的生活将彻底改变。"

那两个长方形物件也包得很精美，放在如梦如幻的睡衣褶皱中间。那是一本很小的书，玛丽亚·加布里埃拉·兰索尔的《爱一只狗》的首版，插图作者是露丝·罗森加滕；还有一张 DVD，皮尔·保罗·帕索里尼导演的电影《萨罗，或索多玛一百二十天》。

米拉很惊讶。兰索尔，他知道她一点儿都看不懂，除了一个接一个优美词藻的节奏感，他说那是音调升高。尽管她对《生命三部曲》和《马太福音》表现出极大的热情，但罗兰多从未让她看过《萨罗》。

"太早了。这部巨著不适合小姑娘看。"

她已经不再是一个小姑娘了，所以，难道转变就这样发生在某一日的黎明吗?

加百列·罗兰多也许是对的。今天是她进入十七岁的第一天。祖母娜塔莉亚，她的确是姓伊万诺娃，在这个年纪生下了第一个孩子。母亲也的确是叫卡塔琳娜[1]。米拉用了她们的姓和名。现在是时候让她们的命运不再如此悲惨了，如果她可以的话。

这样的日子，去海边再好不过了。米拉接受了罗兰多的吻，三个在脸上，一个在手上，对她所期待的而言，声音过响了。大海平静温柔，所以她也接受了去海里而不是去游泳池游泳的邀请，早晨的这个时候，游泳池里仍然漂浮着枯叶，好似一支纹丝不动的生了锈的小舰队，因为甚至连微风都没有。

米拉感谢他送给她这么多礼物，但显得十分矜持。

他没有笑，只说这些礼物比她能想象到的更为隆重。

海滩上空无一人，比平时还要空旷。罗兰多总说这

---

1 葡语里的"卡塔琳娜"对应俄语里的名字"叶卡捷琳娜"。

几乎是一片私人海滩，但从未说过为什么是私人的，或者这个私人是谁。秘密让人精疲力竭，令人生厌，仿佛在一天之内，米拉便被他的还有她自己的秘密笼罩了起来。

他们没带兰博，兰博甚至表现得感激涕零。它不喜欢大海，不喜欢盐和鱼的那种气味，虽然去往海边可以不戴口套、不拴链子、自由自在，但它走向路虎后座的时候就会不情不愿。每次他们入水，那才着实让兰博担忧。兰博在冰冷湿滑的泡沫中来回踱步，爪子湿漉漉的，对着那片海水、对着那危险的巨大浪脊嘶哑咆哮，可他们却像跳蚤一样，坚持要钻在里面。至于游泳池里，去不去都无所谓。它学会了游泳。米拉把它的前爪向下拉，让它明白这么做就更容易牵动整个身体，头部在外，爪子全得在水里。

但它抱怨道："总有一天我爪子上会长出脚蹼来，就像那些捕鱼的卷毛狗一样。我可不是被训练出来干这个的。"

米拉边笑边骂，"如果我学，你也要学，兰博。有一天，我们可能得游过博斯普鲁斯海峡。"同时却帮它向加百列·罗兰多找借口，"是冷，獒犬都不喜欢冷的感觉。如果在加勒比海，它会游得更好。"

"随它去吧，"罗兰多说，"他又不是什么水犬。

谢天谢地，否则的话，康奇塔·辛特隆，那个给加利福尼亚美国佬改良狗品种的斗牛女骑士，早就让它一命呜呼了。"

他这么说或是那么说，尽管无法理解一大半的典故出处，兰博还是很感激。它受到珍视，这才是最重要的。"要么为他们而死，要么为他们去杀人。我不会游泳，但我懂得如何为爱牺牲。"

"通过另一人，在另一人面前，在其目光注视下，人会慢慢塑造出自己的身份。"

只有在夜晚，在依然柔和的暮色中，米拉才会开始翻看《爱一只狗》，虽然不懂，但越读越喜欢。

此时，米拉穿着海军蓝色的全身泳衣，那是借来的运动型泳衣，从加百列·罗兰多身边游了出去，在一艘下了锚的无人白色小游艇边，像他教的那样，下身猛一用力，一头扎进大海深处。

带着挑战的念头，带着一种莫名的愤怒，她屏住呼吸，游了起来，眼睛睁着、望向深处，随着双臂在水中如翅膀般舞动和双腿的拍打，水越来越深，也越来越浑浊。在蓝绿色的海底，光线变得越来越明亮、透彻。突然，一个无法辨清的影子靠了过来，往下游到她身体侧面，她的脚边。一条小鲨鱼，一条大狗鱼，一只没有母亲护航的小海豚？是加百列·罗兰多，他突然垂直冲了下来，只靠双脚拍打下潜，他一定是从游艇高高的船舷上用尽全力跳下来的。他抓住米拉的一只手腕，把她拉了上去，速度如此之快，以至于浮出水面时，半个身子都窜了上去。

"凯特，你想哪天被活活憋死吗？"

他抓住她的后背，一只手攀住下了锚的游艇的绳索，把她的泳衣脱到腰部，开始亲吻她的嘴、眼睛、牙齿、鼻翼、颈部的凹陷处，还有因寒冷和愉悦而变硬的乳头。他说：

"我的爱人，我可怜的爱人，我们回家吧。"

他拉起肩带替她把泳衣穿回去，两人四目相对，意乱神迷。

"我不会哭的，就算是快乐到想哭也不会，"米拉心想，"海水会为我哭泣的。"

她奋力向海滩游去，罗兰多的自由泳让他们之间拉开一段距离后，就等待着她漂亮的蛙泳划水，绿色的青蛙，像他教她的那样，头部划破水面。米拉欢欣雀跃，只希望为他如此满心欢喜。

在海滩上，她期待得到更多的拥抱和亲吻。可加百列用毛巾裹住她，擦拭着她的身体和头发，他含情脉脉地看着她的眼睛，用双手把住她湿漉漉的脑袋，只是重复说道："我们回家吧，亲爱的，今晚将会有一场漫长的旅程。"

但对于米拉来说，她已不再是个女孩，可还没有结束少女时代，一切就都成真了。一件被压抑如此之久的事情，为什么不能成为永远、成为现在?

在钻蓝色的天空之下，他们走进了房子，仆人和动物们把目光从他们身上带着的光环上移开，那是一种预兆。他们没有牵手，没有拥抱，而是处在某种被期待的光明的氛围之中，照亮了整座房子和所有沮丧的灵魂。是黎明，是曙光，即便是暂时的，也有充分的理由让人震撼。

没有初生之物能与初生的爱情相媲美。

克里米尔达和安东尼娅开始唱起怀旧的歌谣，带着感人的女性欢乐，《思念与秀发》，你知道的。这里的秀发是指非洲人那种鬈发，黑色的，就像米拉的头发也很美，红色和金色相间。

男人们抢起锤子，园艺剪刀咔咔作响，电锯发出嗡嗡的声音。

许多白蝴蝶出现在空中，成群结队，盘旋飞舞，它们的季节已经过去。

尽管天空的颜色毫无精致可言，空气却是清新、轻盈的。优秀的园丁老王抬起头，拿好了剪刀。他没有剪下最后一朵红玫瑰，绽放着美丽的花朵，可以看到，花蕊裹在一团巨大的花瓣之中，仿佛在向天空乞求，颜色中还带着霜霉病斑。

"还早呢。"他叹了口气道。

"让它自己凋零吧。"

老王非常迷信、感伤，他的哀伤古老而大胆。爱情仿佛是对一朵白菊的记忆，打动了他。对逝者的记忆，易逝却又不朽。他让玫瑰在球茎植物注定的命运中平静死去。他思考，他继续。他是中国人。

克里米尔达为他们准备了早午餐的点心，放在厨房边大餐具室的白色桌子上，米拉和加百列·罗兰多吃得非常少。

他们注目于彼此，仿佛世界将在那一天结束，仿佛双眸能够挖掘，可以揭开让所有精彩都黯然无光的神奇，展示爱的激情，发现无人之境。那种让母亲与儿子、爱人和爱人的目光紧密相连的激情，这种纽带，每一秒的断裂都是折磨，每一次的分离都是小小的死亡。

他们的诸多经历，曾经的爱情、悲惨与苦痛，一切都在此时停止了。

克里米尔达沉默着给他们送来了食物，宛如一份献给圣器室的赠礼，她不再继续歌唱，安东尼娅也住了口。他们的每一叉、每一口，仿佛都是在相互品尝，他们吞咽着，咀嚼着，就像害怕咬开圣饼的人，害怕被五脏六腑、被眼睛吞没，眼睛不再是灵魂的镜子，而是进入身体核心的入口，身体沉默不语，却欢腾雀跃。

兰博在桌子底下，听到这无声的声音，耳朵往后甩，甚至都没讨要剩菜。它低声地呜咽了一下，非常小心谨慎，毫无信心。那已不再是发情的冲动，而是世界的力量，是能打动它的东西，对于发生在人类身上的神秘之事，狗只能接受，这便是爱，但与它整个野性的外在相左，虽然它已被驯服，这也是快乐。

加百列·罗兰多突然一下子从桌子边上站了起来。这个举动很男人。

"你想在家吃饭，还是不想，凯特？我想过带你出去吃晚饭，但你不想这样，对吗？"

米拉的回答很得体：

"我的心思你猜得越来越准。不，我不想出去吃饭。我想我需要午睡一会儿。来吧，伊万。"

她的身上仍然全是沙子和盐。他们俩都是。

兰博看看这个，又看看那个。他们俩看起来就像傻瓜，无法分开。"为什么人类会把什么都往后推迟，推迟到太晚呢？我，是活在当下的，我没那么拖沓。午睡？难道这一切都是让人后悔的一时冲动吗？"

它跟在主人后面，她看上去高高在上，身上裹着一条马尔代夫的帕雷奥裙。"'高高在上的马尔代夫女人’，多么难听的措辞啊，即使对没有一丁点儿乐感的狗耳朵来说，也是一样难听。”

“那我们晚饭时见，”他低声嘶哑地说，“请你穿上礼服。”这是在暴风雨夜的舞会之后，他第二次对她用“请”字。

在卧室里，米拉扯下了帕雷奥裙，打开热水，准备冲澡。

“我不会哭，就算害怕也不哭。我做梦也想不到会发生这样的事。”这一次，从她的头发流到了脸和身体上的，不是咸咸的泪水。

洗完澡，她用毛巾把头发擦干到清新发亮，卷出自然光环。这时，她看到一只古铜色的肥胖大蟑螂，在大理石地面上悠闲地窜来窜去。她停下来不再弄头发，开始说话。蟑螂也停下来，触角像猫的胡子一样长，也像猫那样颤动，转向了她。

“走吧，小家伙，走到时间的尽头，你就是从那里来的。走吧，趁布鲁尼尔德还没用女武神般的指甲把你扎穿。”

克拉丽丝·李斯佩克朵的书，她读得非常痛苦，但全部都读懂了。几乎全部。

大蟑螂停顿了一下，钻进座厕后面一条很细的缝里，离开了。

米拉醒来时，天色仍没暗下来，无风的秋日黄昏前那种透亮的宁静。她睁开眼睛，已经忘却了刚刚做过的梦，所看到的一切让她怀疑是否还在另一个世界里，梦的世界，在那里，度过的和失去的都是另一种生活，都是过眼云烟。她让玻璃窗半开着，以便在光线和有些清新的空气中及时醒来。雷霆的鼻子靠在窗上，她叫它"小雷霆"，葡语里，那表示一种抒情小诗。只是，"小雷霆"的前额上长了个盘旋向上的金色尖角。小马驹出生时身上的颜色很深，她第一次见到它时，它的皮毛被胎盘液弄湿黏在了一起。后来，毛色变成了黑白相间。现在，它看起来是亮白色的，从角到蹄子都闪闪发亮，白色与金色。它嘶叫了一声，仿佛一匹接受高级别竞技训练的小马，对玩具的挑逗不屑一顾，接着，便在米拉窗前树木成荫的大道上飞奔着消失了，消失在树木投下的阴影之中。

已经不是在做梦了，米拉，因为在令人费解的漂泊之后，留下的是一段痛苦、鲜有的回忆。

她坐在母亲膝上，还是在契拉斯的房子里，那是她们与父亲还有其他八个来自东欧的外国移民合住的。虽然是白天，但她和母亲都穿着绒布睡衣，外面套着睡袍，应该是生病了，坐在电视机前看动画片。这大概是在她刚到后不久，因为她看不懂字幕，也不识字，只会说一点点英语，都是母亲给她翻译成俄语的。

"妈妈，妈妈，花园里有一只独角兽。"

接着，是一个男人生硬的声音，肯定地说：

"独角兽是神话里的动物。"那是电影里的父亲，还是家中的父亲？"神话里的动物，神奇的动物，是不存在的，根本没有。"母亲边说，边把手放在她的额头上，把她的脑袋摁到自己胸口，那里闻上去就像蜂蜜蛋糕和薄荷茶的味道。

别的就再也想不起来了。米拉晃了晃身子，她不想接着回忆起卡帕里卡房子里挨过的鞭打、侮辱，经历过的贫穷和疲惫。学校里的人嘲笑她的衣着和口音，这些，她已经改过来了。"成为世界上最好的"是对别人付出牺牲的回报，祖母的、他们的，可她并没有祈求过。

兰博站了起来，米拉心不在焉的平静让它感到不安，便问她是不是要哭，她双眸望着窗外："你看到小马了吗？"那又如何呢？他们、米拉和兰博的生活，可不是一本动物画册，有一位气概十足的男主人和一场盛宴，在他们的生活里面等待着。

"哭？"米拉告诉它，"今天不哭，永远都不哭。"她站起来，还有时间从假定存在的她化身的衣柜里，选出最讲究、最成熟和最搭配的服饰。

她不紧不慢。没怎么化妆。期盼着被激吻。嘴巴和眼睛上涂上了一点继承来的唇彩和眼影，应该会在吃东西或者和另一张嘴摩擦的时候被擦掉，然后，她选了一件蝴蝶袖的连衣裙，宽松轻盈，让身体从腋窝到腰肢都能自由呼吸，胸口处没有负累。连衣裙的色调是水绿和天蓝的。

又一次，她认为自己非常漂亮。

在某个点弃亲人而去，苦涩的点滴让她显得更美，却也是回忆中的一个印记，也许永远都回不去了，无法回报他们所做出的牺牲，因为生活中的一切，一切的基础，都是一个能否拥有的问题。

此时，她也许会胜出，在对美的恐惧中，在对替身之美、成为别人的替身、充当替代品的恐惧之中，她笑了。她听见了，她能预见和听见加百列·罗兰多的声音，这也许都不是他的名字。

带着重新唤起某人、他人记忆的负担，爱和崇拜不总是这样吗？

"不，"米拉在镜子前高贵地说，"如果我不是最爱，那就什么也不是，除了我的灵魂，还有武装起来的手，就是你，兰博。看看这个。"

她在镜子前展开蝴蝶衣袖，衣服下面，除了一条肉色内裤之外，一丝不挂。"我看起来像一个上了年纪的洛丽塔，一只破茧而出的飞蛾的蛹。多可笑啊，预计能活一天，或是两天。"

"这一生只有两天，"狗回答她说，"就我而言，如果一切顺利，将有二十年的时间。至于你，充其量不过是一百年。吃吧，堕落吧，把我养成你那可怜的样子或类似的形象。活在当下。我可没有大家想象的那么愚笨。"

它也听到了微微的音乐声，"摇曳的微光[1]"，把所有鲜活的肉体、所有的植被、所有的矿物，都从我们呱呱落地的地方移到另一个地方，我们都改变着形状，甚至会变成一块啼哭的石头。

"妈妈，妈妈，花园里有一只独角兽。"

"真奇怪，"米拉说，"我不像其他女孩那样坠入爱河。我不会迷失自我。我不会失去理智。"

"哎，你会失去理智的，你会失去的，"狗说，"你看着好了，要不然我就不是只狗。"

---

1 葡萄牙作家若热·塞纳的诗句，诗中提到的"微光"比喻人类拥有改变能力的理想。

第十八章

那是一个奇怪的订婚之夜，更绝妙的是，还搭配上了死气沉沉的色调。在豪宅里，夜幕已经降临，米拉来到餐具室。

安东尼娅惊讶地张大了嘴，然后用身子挡住厨房的入口，不让她进去，还庄重地加了句："哦，圣母，天上的圣母！"

"餐厅里的桌子已经摆好了，女主人。"

她用的是几近正确的葡萄牙语，当然，是排练过的。

桌脚中间的横档已被移走，这样显得更加贴心。桌子没摆到餐厅中间，而是在正对园子的一扇窗边，户外的灯光照亮了园子，各种精心设计的绿色、赭色和红色。白色锦缎桌布上绣着白色花样，铸有花押字母的银餐具有好几副，放在面对面摆放的两个盘子两边。左边，为了能让两人看得到对方，是一尊七臂雪花石烛台，上面有七支白色的蜡烛，还没点亮。那盏吊灯，设计大胆，没有垂珠和吊坠，只是一块方形水晶板，没开。低处的多重光源，营造出一种虚幻、奇异、阴郁的气氛。就只差从每面墙壁里伸出一条手臂，来伴随米拉那被隐约照亮的步伐，她还从来没有在这个餐厅里用过餐。

"加百列先生马上下来。"

安东尼娅回到了餐具室和厨房，兰博在那里，一直黏在克里米尔达的脚后，紧跟着汤锅和烧鱼的椭圆磨砂铜锅里新飘出的香味。

米拉坐到矮桌旁的沙发上，桌上摆着还没冷掉的布利尼饼和一碗鱼子酱，鱼子酱的碗放在另一个铺了一层冰的大碗里，还有两只酒杯和一个冰桶。米拉没有吃，也没有喝。桌上是晚餐用的高脚杯，在半隐半绰间闪闪发光，边上是镀金的，也有金色的花押字。米拉的目光在明暗对比中闪烁着。她的心因喜悦和恐惧而怦怦直跳。

"美女在野兽家的第一顿晚餐，愿上帝宽恕我。"她用俄国人的方式画了十字祈福。

加百列进进出出，像猫似的无声无息，米拉没注意到他的这个细节。

"把你的头发撩起来，凯特。"

她照做了，没有转身。她感觉到脖子上他冰冷的手指，然后更多凉意到了锁骨上，还往下一坠。

"这是欧珀，月光石，叶卡捷琳娜。据说这是不幸之石，但我们必须与不幸抗争。小姐您看起来如此光彩照人，仿佛一位死去的仙女。一位为了成为人而死去的仙女。到桌边来。安东尼娅会把布利尼饼和鱼子酱端过来的。坐在桌子边上，我们会更舒服。"

他一身白色，一件绣花衬衫和一条宽松的裤子，耳朵上戴着一枚钻石耳环，仿佛一位来自印度群岛的国王，或是一个富有的足球运动员。他把黑头发的金黄色发梢剪掉了。很难说他看上去是滑稽可笑还是光彩夺目。

兴奋之余，米拉也准备好要保持距离，如果有必要的话。

他把椅子推过来，帮她坐下。

两人没有对视。米拉抬起双手，摸摸项链，道了谢，说链子漂亮极了，是她有生以来拥有的第一份珠宝。

"也不会是最后一份。美丽给了你很多权利。"

"似乎还有责任。"

这是他那天晚上第一次笑，但有些勉强。

"我们现在是一位小姐了，凯特。"

"我希望，'我们'不是适用于你的复数形式。"

欲望的敌意开始出现，指甲、牙齿，如此彼此渴望，却没有安全感。

"你反对同性恋吗，卡塔琳娜？"

"一般来说，他们是悲伤的。"

晚餐上来了，米拉意识到加百列·罗兰多为了取悦于她，把一切都考虑周全了。布利尼饼之后，是红色的罗宋汤，一条用香料炖的大鲈鱼，就像是来自那边河里的鲤鱼。

安东尼娅和艾乌克里德斯穿着制服，一声不响地上菜，好像在为大人物服务。米拉和加百列·罗兰多吃得很少，喝得也很少，却津津有味。虽然被烦恼困扰，但他们都很年轻，为了破译这种自己不熟悉的美食语言，克里米尔达下了好大一番功夫。

将洋葱、大蒜这些如欧珀般半透明的珠宝，置于月亮与炉子的文火之上，好厨师的手艺能激发出人们对生活的热爱。

蛋糕来了。是巧克力核桃鲜奶蛋糕，没有蜡烛。俄罗斯人制作的面粉，细腻、轻巧。手的智慧，代代相传，是幸福世界的支柱。

"我觉得烛台里的蜡烛都和我们年龄差不多了。我们现在都是老小孩，凯特。你喜欢这顿晚餐吗？"

"棒极了。这是我漫长一生中用过的最好的晚餐。"

"你的话里略带讥讽，小女人。现在跟我来，我带你去你的房间。今晚我有件事请你去做，确切地说，是好几件事，相当艰巨的任务。"

于是，他开始说起来，第一件事，令人费解，却洋溢着一股肉体与肉体承诺的气息，与其说是遏制，还不如说让那日与那夜的强烈期待越演越烈。

"我请你在自己房间里看《萨罗》，别和我一起看。如果觉得不舒服，就叫我。不管怎样，看完后都要叫我。我想要你跟我一起上楼。勇敢点，叶卡捷琳娜·伊万诺娃。我爱你。"

"我爱你"是用英语说的，那名字也不是她的真名，但米拉兴奋起来。这是他们之间真正希望的开端。她没有脱下花裙子，也没有脱下那些决定命运的欧珀石，这时，宝石已经被身体的热量和最后那几杯香槟捂热了。加百列还送了一杯到她的房间里。

"你会需要的。"

一部电影，一部简单的电影里，会有什么东西需要如此的警告和预防措施呢？此外，他还教过她，当有虚构画面出现时，所有画面，甚至是在报道中，每当出现让人难以忍受的东西，就应该退到摄像机后面，器材设备、灯光师、音效设计师，还有"开拍！"和"停！"的指令声，一种用作者的力量来压制画面幻觉力量的操作。保持距离。

她脱下鞋子，坐在假设存在的妹妹和化身的摇椅上，脚边的兰博，一看到屏幕上除了一两只德国牧羊犬之外并没有其他狗时，就失去了兴趣，德国牧羊犬和狼一样，什么用都没有，只会在狗群的引领下或被主人的链子牵着，服从猎杀的命令。它们独自存在时，根本没有个性。兰博睡着了，肚子饱饱的，塞满了大块大块去骨的大鲈鱼，几乎和肉一样好吃。

米拉想尽快回到楼上爱人的身边。但是这部电影把她吓坏了，无处可退，没有理由认为这是制作出来的。或者说，要制作出这样的东西，必须对恐怖见怪不怪，而加百列·罗兰多告诉过她帕索里尼死亡的结局。

在《食粪篇》环节中，一直赤身裸体的少男少女被迫吃下自己的粪便，一直处于刽子手长篇大论的愉悦标志之下，无休无止。

没有什么比邪恶更具传染性的了。

米拉暂停了画面，去洗手间呕吐。呕吐物泛出铁锈色，罗宋汤和巧克力蛋糕黏在一起，看起来好似一团血污，还因鲟鱼的黑色鱼籽和摄入的少量酒精而有点发酸。

"蟑螂妹妹，来帮帮我。"

但过来帮忙的是兰博，米拉跪在马桶前，满脸通红，呕吐阵阵，狗极度焦躁，无法托住她的额头，也无法撑住她蝴蝶袖下弄脏了的胳膊。它舔了舔她的赤脚，尝起来仍有沐浴液的香味。真令人厌恶，可米拉是它一生的挚爱，而且她现在很难受。

这是怎么了？没人揍她，没人把她关住，就算有，也应该是冲它来的。

"我爱你。"兰博舔着她的脚跟和脚底说。

米拉缓了过来，感激地吻了吻它额头上的白斑。味道不好闻，她的味道，一股酸臭味，但她回过神来，又恢复到了它所熟悉的常态。

米拉站起来，脱下薄如蝉翼的衣服，用水冲了冲身上，再穿上新娘礼服似的睡衣。她把闷声掉落在梳妆台上的欧珀石拿起来，桌子是那个把吉他夹在两腿间的女孩的，看起来似乎正在生所有东西和所有人的气。"你应该能坚持到最后，米拉。也算是为了好奇，它是恋爱激情的组成部分。你可以忍受的。"

她呷了口香槟，继续放电影，一直到结束。

《鲜血篇》中的肢解、背叛和不受惩罚的罪行，已经进入了她在放肆过度的麻醉之中冷却下来的头脑。

接着，她没穿睡袍，没穿其他衣服和鞋，朝从未爬上去过的楼梯脚下走去。狗跟在她后面，以防万一。它从未见过她如此摇晃、颤抖。

从白色大屋的高处传来一种陌生的音乐。不是古典音乐，也不是高级的流行音乐：

"今夜，我的爱人
我不想念你
我不再想念你了
我想念的是爱情"

大理石楼梯的顶部，好似焚尸火堆的大理石围栏边，加百列·罗兰多出现了。

"上来吧，亲爱的。我正在等你。"

他是怎么听到她的声音的？是得了肺结核吗？听说早期肺结核能改善听力。可如果是这样，他就不会吻她的嘴，除非他想把她杀死。他是想把她杀死吗？

还是更糟的，是想用她无法理解的东西来击碎她的灵魂？连反击都不会有。

她勇敢地、一步一步地爬上楼梯。尽管害怕光滑的台阶，狗还是跟在她身后。走到一半，加百列·罗兰多下来接她，把她抱在怀中。温柔，却没有欲望。

"我的天使。现在，你看起来像一个被摧毁的天使。但必须这样，为你的下一步做准备。我不是食人魔，我的余生都要依赖于你。"

当他抱她上楼时，楼梯上的小夜灯自动打开，越来越亮。他把她放到地上，从楼上看，楼面如同一个巨大的夹层，覆盖着下面的大厅，覆盖着入口。

"来吧，凯特。"

音乐的副歌还在继续。米拉懂得的一点点法语让她明白，那是送葬之曲，辞别之作。

"我不再想念你了……"

"这曾是我母亲最喜欢的歌。"加百列说。

"是吗？"

他们在他的房间里。一面墙上只有书、DVD 和 CD。其余都是光秃秃的，白色的墙，黑色的床，床也很大。地板上五花八门，从世界各地弄来的东西，木头和金属的面具、雕塑、异国情调的布饰、素描、简笔画。难以解读的世界，却满是简单的符号。连米拉都无法破译出任何的信息。

"今夜，我的爱人……"

唱片还在继续，仿佛破了，一张裂开的黑胶唱片。

加百列·罗兰多还是抱着她，紧紧地搂住，放开。他把她裹了起来。

"你穿这件几乎衣不蔽体的睡衣，不冷吗？"

"冷的。你的母亲，她是谁？"

是时候放弃矜持、开始提问了。至少是关于他，这个掌握着整栋房子管辖权的人。可和她有关的问题，还不行，永远都不行。

加百列·罗兰多像个母亲一样，拉着她的手腕，给她套了一件男式开司米睡袍，可因为色调的关系，那长袍套在新娘睡衣上显得突兀，睡衣里头，她小小的胸脯再次颤抖起来，几乎裸露着。

"来吧，来吧，凯特。"

接着，他搂着她的腰，把她带到了另一个房间，几乎就在隔壁，墙上是深红色的墙布，好似《萨罗》里的教室。一座壁炉，几扇黑玛瑙的拱形门通往另一个隔间，一张顶盖床，由黑色木材制成，桃花心木，每根乌木或桃花心木柱的高处都缠着蚊帐。

"这曾是我母亲的房间，还保留着她离去时的样子，她是我在荒野上发现你或你发现我之前几个星期去世的。她得了乳腺癌，不想切除。既不愿切除肿瘤，也不愿切除乳房。她想被火化，让整个人、让癌症跟她一起死去。她非常自负，也很狂野。"

"今夜，我的爱人……"

从隔壁房间，从罗兰多的卧室里，传来了一个声音，同样的声音：

"今夜，我的爱人

我不再想念你了……
　　我想念的是爱情"

"你母亲的房间？那你父亲呢？"

"我可爱的继父。我并没有讽刺的意思。他们各自有单独的房间，借那扇门相通，但总是选择睡在一起。来看看。"

他在一排按钮前做了个动作，房间里所有的灯都亮了。

梳妆台上装有三面镜子，从三个角度照出了米拉的样子，她颤抖着，被同样也面如死灰的棕色皮肤青年裹起来搂在怀里。米拉看到一张放得很大、发黄的照片，装在镶着金边的黑色天鹅绒相框里。近景是四个人和一只狗的脸。一个结实的金发男人身着盛装站在那里，没戴帽子，胸前是饰带和勋章；一位靓丽的女子，有点混血的样子，穿着晚装，脖子上戴了好几圈珍珠项链；还有一个小女孩，穿着天鹅绒连衣裙，蕾丝领子，带搭扣的小皮鞋，虽然已经不小了，但还是被女子抱在怀里。近景中，庄重的绅士旁边坐着一个棕色皮肤的小男孩，他穿着高级精英国际学校的校服，领带、休闲西装，手放在狗的脖子上，狗的前额上有两块淡色的斑点。所有的人都神情严肃，却都准备好在镜头前展开微笑。

他们都那么美丽，画面的氛围幸福到让人想哭。

可米拉再也不会哭了。

她说："这是你，那是我。"

"这是我。那是我妹妹，就像你那么大的时候一样。"

"她也死了吗，你妹妹？"

"不，我同母异父的妹妹在很远的地方，她太糊涂，甚至现在还不知道母亲的死讯。我们瞒着她。"

米拉继续盯着照片看，仿佛那是另一种生活，既是她的，又不是她的。

"人们说找到替身，找到我们的替身时，离死期就不远了。"

"你没找到她，我找到你了，凯特。"

"这就是你想要我的原因，因为我长得像她吗？这是乱伦，还是什么？"

米拉桀骜不驯起来，她没有力量去承受那份迷恋与愤怒，至少现在还没有。

"不。尽管你们很像，但你跟我们的母亲、我的母亲更像，她屈服了，也没有屈服。她不想记住的，便不记得了。她发疯不是因为痛苦，而是因为不想记住痛苦。"

"你母亲发疯了？"

"癌症是精神疾病的另一种形式，或是无法承受的悲伤。"

"别胡说八道，加百列。"

"她就是会这么说。来，凯特，到我房间里来。今晚，我还有更多的话要告诉你。"

兰博跟着他们，满腹疑虑。这座房子里有一股痛楚的气味，从仆人房间深处直到屋顶上的太阳能板。一声刺耳的威胁，却听不见，但对它的狗耳朵来说却不一样。一种气味，一份富足之中死亡的重负，一个刺痛的顽疾。

到了房间，罗兰多对它说：

"到这里来，小狗。坐下。"

它走过去，坐了下来。

"爪子给我。"

兰博把爪子伸给了他。

"听着，伊万。我必须和你主人谈一谈。你去睡觉吧，伊万。艾乌克里德斯早上会去找你的，到主人的房间睡觉去。"

"必须。必须要和她谈。还要谈？为什么人类要谈那么多话，而不是互相舔舐呢？"

但它服从了命令，一级一级走下奶黄色的石头楼梯，害怕一头栽倒下去。在卧室里，它蜷缩到米拉的床

153

上，布鲁尼尔德用屁股对着它，斩钉截铁地说：

"你要做好最坏的打算。"

兰博躺在垫子上，叹了口气，心想：

"还有什么能比已经过去的更糟糕呢？"

布鲁尼尔德没好气地用嘶嘶声回应它，眼睛眯成一条缝，透着轻蔑。

"蠢狗，别上当了。坏人总是比好人要多，即使是好人的内心深处也是这么想的。你看到他们是怎么把你踢出来的吗？"

他那高耸塔楼里的卧室，终于在米拉面前被揭开了面纱。楼上房间里，米拉万般小心地坐在一张靠窗的长沙发上，窗半开着，加百列·罗兰多正在说话，他努力地微笑，毕竟这段插曲挺有意思，狗能听话也挺有意思。

"我们说母语的时候，狗最听话了。"

"说狗的母语？"米拉问道，如此多的新情况弄得她晕头转向，而且她预感到，黑色的秘密还会接踵而至。

"用我们的，用我们的母语。狗最听它第一个爱上的人的话，如果有的话。这就是为什么有些男人怕狗，因为他们的母亲没能成为阻挡父亲嫉妒的盾牌。事实上，他们害怕一切有野性的东西，因为他们没有能力来应付自然界的残忍。

"我的母亲，正如你所看到的，不是纯种的黑人，而是混血的克里奥尔人，声音嘹亮，皮肤是浅棕色的。"

房间里一片寂静。加百列·罗兰多也光着脚，默默地来回踱步。

他在她面前停了下来，什么也没说。接着，他撩起长袍，把没有门襟的宽腿裤褪到大腿中间。

米拉用手捂住脸，就像面对一片狼藉的苗圃的老王。那个苗圃，像是被凶残的洪水用刀锋般的玻璃边缘肢解过。

"这是谁对你干的？"

第十九章

"这是谁对你干的？"

"你最好不知道是谁，也不知道是在哪里发生的，这是为了保护你，凯特。这么说吧，是在南方的南方，我在寻找，就像你在寻找东方一样，你失乐园的东方，回归的旅途。"

"可我没什么要去找的，加百列。"

"可是我有，或者说那些养育我的人有。我要去寻找亲生父亲的足迹，童年的足迹，没有人反对。我曾经一直是个快乐的人，这是我母亲的过去遗留下的仅有的欢乐，而我的继父，就像所有的德国犹太人一样，永远、永远都是有罪的，只因那与其毫不相干的过去，他很大度，对我视如己出，甚至更甚于爱他们两个生的女儿、我同母异父的淘气妹妹。他们一直让我自由发展，而我被大家视为天赋异禀，在学校的表现给他们带来的只有快乐。可一桩被掩盖的罪行发生了，之后我在英国的学习也相当出色。那是我自己想去的。"

"一桩被掩盖的罪行？"

"那是另一个故事。另一个恶人胡作非为的故事。"

加百列·罗兰多已经把衣服穿回去了。耳垂上的钻石不再闪烁，他坐在全是书的墙边宽大的皮扶手椅上，泪水似乎要汹涌而出。可米拉明白，这位棕色皮肤的青年也有好几年不允许自己哭了。他沉默了。他们都沉默了，他和米拉。

外面刮起了风，但轻到他们听不见，可是，风摇曳着树枝，敲击在紧闭的玻璃窗上，如同悲戚无声的鞭子在抽打。天气变冷了。

在同情和愤怒之间，米拉犹豫不决。同情会让她跪下来亲吻那肢体被摧残后留下的疤痕，愤怒是对她自己——只要不是孩子，就会注意到，在跳舞时、在海里两人半裸时，他表现出了欲望，却没有生理反应。"我真愚蠢，真幼稚。"她心想。

但她心里头冒出了要当他爱人的念头，所以开始寻找最好的疗伤方式，不是同情，而是抗争。

"你一直有也曾经有过可以依靠的人，罗兰多。你被割成这样，怎么没死于大出血呢？"

"我有的是钱。如果这是你想知道的，凯特。金钱一直是可以把我们救活的东西。谈判、赎金、医院。残忍的理由是有理智的人弄不明白的。几周后，我被母亲抱在怀里，失去了知觉，可还活着。"

"你母亲知道吗？"

"一个母亲，什么时候会再次把已经成年、在她眼前赤身裸体的儿子抱在怀里？只有当他已经死去，或是垂死的时候。我回来的时候半死不活，像纯种猫那样被阉割掉，她一生中最爱的男子，无法给她孙子孙女，什么都无法给她。她照料我，尖叫着拉扯自己的头发，我在远处倾听她的痛苦，仿佛一只狗预感到不在身边的主人的苦楚。后来，她的双乳便不再孕育乳汁，而是肿块。"

"那你继父呢？"

"他告诉她，也告诉我，我还剩下一个睾丸。希望，凯特，在有爱的时候，是非常顽强的。可我母亲希望一切都完好无损。与人们所想所说的正相反，混血儿是完美主义者。没有冗余、螺旋、旋卷这些审美错位。非洲人的激情是几何、对称与秩序，非洲人是一种精神动物。炽热的身体和精神的头脑比任何其他东西都重要。我们是人类的摇篮，完美无缺，协调精准。与星空宇宙一样，讲求实际且一目了然。是黑洞。"

"就像你的身体，去自找苦吃，自作自受？在我看来，它要找的是爱，而不是混乱，这不幸的恶习。"

"叶卡捷琳娜，听我说。我们杀人不是出于嗜杀的冲动，而是出于对部落、种族和被冒犯的男性尊严的忠诚。你明白吗，凯特？"

"差不多吧。每个杀人的人，都是这样杀人的，不一定是黑人。而你两腿之间还有一个愈合的洞，很少有人是这样的。"

"凯特，凯特，这是我为理解种族屠杀尚未结束而且永远都不会结束所付出的代价，从苏丹到孟加拉国再到科索沃，世界上的恐怖，就像活肉上面的蛆，永远都不会结束，永远。如果你老老实实地伸出那只柔弱的手，就会吸引贪婪饥饿的动物前来捕食。就像我剩下的这只睾丸，那些人甚至都不是想伤害到我，他们想要的只是不对称的邪恶，制造痛苦和伤害带来的享受。

"你明白吗，凯特？我当时很年轻，太年轻了，认为残忍是一种合理偿还痛苦的方式。其实并非如此。它是一种预约，如斗转星移般神秘。或者是上帝漠不关心地面对一个孩子的脑袋撞碎在奥斯威辛死亡列车车板上，或是一个小男孩小得像老妇人拳头般的脏兮兮的脸，趴在因寄生虫和饥饿而肿胀的肚子上。"

"所以，你就来招惹我，惹我生气。你是富人圈里一个被救活的人，在公路上找到个乞讨的娃娃，就对她献殷勤。你想从我这里得到什么？我不介意你的身体有残疾，我介意的是你想教我做一个听天由命的残疾人。

你想从我这里得到什么？我是个贱民，无名无姓，无家可归。"

　　加百列·罗兰多跪到她的脚下，用两只让人无法抗拒的手抓住了她的脸。他用嘴唇抵住她整张嘴，从下巴一直到鼻翼。他吻了她，从灵魂吻到足尖，这实为不易。

　　"爱，你的爱，冷漠的少女。我想要的我已经拥有，但你也是心甘情愿的。没有抗拒，没有权力游戏，噢，小俄罗斯人。从见到你的那一刻起，我就知道你和我很配。在你身上，我寄托了所有的痛苦。"

　　"是我的爱，还是你的爱？"当嘴巴和灵魂能再次自由迸发出勇气时，米拉立刻问道，她有一颗像狗那样的心。

　　"冷漠的少女，我的家人就是这么叫可卡因的。你吸吗，加百列？"

　　"有时候吸，没成习惯，也不是必需品，就像我母亲注射的吗啡……就算吸了又怎样。我现在知道了，自从见到你我就知道，你注定会爱上我，但我还是心存怀疑。你很幸运，不需要靠不确定的爱来了解爱。"

　　"大傻瓜，"米拉想，"但你是对的。"和她紧贴着的那个胸膛，就是世界的起点和终点。他用所有感官的指头让她欢呼，胜于使爱圆满的预期。还有那具有穿透性的灵活的舌头。她褪去了衣服，赤裸着身体，但仍用颤抖怀疑的声音问道：

"为什么是我？"

"嫁给我，凯特。你没有什么可失去的。"

"我没有身份证明，也没有固定的名字。除了一只狗，我什么都没有。"

"身份也可以伪造，也可以购买，叶卡捷琳娜。现在闭嘴。享受吧，我亲爱的，我们得到的愉悦里，有很多是来自付出的愉悦。"

"爱的器官比预期的要多。"米拉想，而后，便陷入了一声似乎是永无止境的和谐叫声之中。恍惚的不是大地，而是她自己。

兰博从它的圆形软垫上抬起头来。在它看来，那声嘶叫并不代表痛苦，可在此类性质的问题上，最好是请教性爱声韵方面的专家。布鲁尼尔德在梦中微笑着，仿佛那从楼梯上飘下来、让风停滞的声音是天籁之音，胜利之音。

"他们性交了吗？"兰博问。

然后，它又改了口。猫科动物尤其是那只猫，非常厌恶粗鲁的语言。

"你认为他们是在交配吗，布鲁尼尔德？"

猫站起来，伸了伸懒腰，舔了舔一只爪子，再把爪子放到几乎看不见的鼻子上，屈尊用它对于晚间事物的千年智慧作了说明：

"你没听到她发出满足的喵喵叫声、让山谷和风儿颤抖的叫声吗？他们在前戏中花了几个小时，然后能用一生，在所有的季节里，日日夜夜地互相激情缠绵，直到死亡将其分开。他们一辈子只有一个交配的伴侣，就像优雅的鸭子，如果不是这样，便会因怨恨和愤怒而相爱相杀。人类是捉摸不透的。我有心情的时候也会低下身子，抬起屁股。但是，要有方法、有时间、有周期。我们有固定的时期。如果有人要带走我那些小杂种，我会为了它们而嘶吼，可几天以后就连自己都不记得了。他们不是，他们总是在或多或少郑重其事的发情之中，因为他们会把星星和音乐也掺和进来。"

现在可以听到楼上传来《降生成人》欢快的和弦，选自《小调弥撒曲》。

兰博说："我讨厌音乐，它会让狗的耳朵变得迟钝。""你是个乡巴佬，"布鲁尼尔德说，"只知道最基础的东西。他们放上音乐，这样，接下来的叫声，她的尖叫、他的吼声，就会更加猛烈，持续一生一世。"

"我是花了好几十年才成为斗犬的，布鲁尼尔德。是凶猛的犬只一代又一代配种的结果。"

"而我是花了数百万年的时间，才被他们制造出来

162

的，只是为了美，残废的鼻子和完美的皮毛。这副皮毛不能洗，还会结块，短鼻子让我无法呼吸。我们现在不要接着往下说了，因为嘴巴里所有关于灵魂的对话都有壮阳的作用，弄不好我们还会生出一只袋獾来，既算不上猫，也算不上狗，却是造物中最可怕的哺乳动物。它从出生起就会咬妈妈的私处，咬兄弟姐妹，咬想拍摄它的人的镜头。它百毒不侵，黑红相间，蛇蝎心肠。而且，它还会没日没夜地怒吼咆哮。"

兰博很天真。

"你觉得我们能养出宝宝来吗，布鲁尼尔德，你和我？"

"但愿不会，"布鲁尼尔德用克里奥尔语回答，"怪胎。"

虽然它已经学会了爱那只狗，而自己作为家中的一分子，是受其保护的。接着，猫又蜷到了女主人的床上，这个还活着的小女主人，却并未能取代另一位死去的女主人，它知道她已经死了，因为只有猫才能猜测和推断悲惨的事实。

那座房子快要完蛋了，不管欲望得到满足的声响是否再次从楼上喷涌而下，雄性的低吼或雌性的尖叫。人类的爱，人与人之间的爱，并不能为任何事情提供保证。

在基因突变方面能力如此之强，结局却仍然很糟。

除非他们能建立起一个家庭，但他们不会。

兰博叹了口气，郁闷地睡着了。要是有什么事情不明白，它就会心神不宁。

还有对失去的恐惧，还有嫉妒。"在这方面，我跟人一样。"它又叹了口气。跟他们一样的狗。

遵规守纪的布鲁尼尔德，用沾足了口水的两只爪子捋平了胡须。

"真不公平，人类改变了我们，然后还要依靠我们真实拥有的预感能力。"但猫睡得比它自由的思想还要沉。在通往死后变成无机物的路上，它做着梦，没有太多的焦虑，只是怀念它那盘新鲜的鲑鱼。

自那天晚上起，仆人、动物、植物和已终身相许的二人，所有人都在那座房子里永远幸福地生活着，生活了很短暂的时间。

只有布鲁尼尔德，在预见了数次死亡的不可抗力之后，变得若有所思起来，思考死去的女主人，思考具有传染性和不祥气息的善良年轻主人的交媾，并接受了一个事实：也许生命的死亡，穷尽一生，都是残忍终结的伊始，杀戮是为了吃、杀戮是为享受能吃的感觉的那种残忍。

但是，猫就是猫。尤其是波斯猫。怎么才能成为波斯猫呢？毛是舌头舔不顺的一团，无论舌头有多么粗糙，呼吸系统，对于年迈波斯猫的年迈兽医来说，都是一个残缺的谜。

布鲁尼尔德心想："美介于闲暇和闲暇之间。不要跟美过不去，即使他们、人类，逝去如微风般飘渺。美丽的微风，万千思绪。

"或者，就像一幅完美的书法，就像一首丝质肉体写就的诗歌，我没有理由变成这个样子。任何东西都没有理由变成这样，不论是哥特式大教堂还是精工细造的庙宇，不论是丝绸，还是黄金、打磨过的大理石或玉石。我也没有。"

但是，猫从来不去想让它特别痛苦的事情。

睡觉，小憩，伸懒腰。等待宇宙来解决无法解决的问题。或者，像一只老虎，一只微型老虎，让宇宙将它摧毁，让它对美的记忆，在不可知的毁灭、不可理解的毁灭之中熊熊燃烧。

一只在斗转星移的黑暗中燃烧的老虎。

早上，天已大亮，米拉赤裸着身体，披了件浴袍走进房间，浴袍散发着加百列·罗兰多身上的气味。

"兰博，猫，我们订婚了，我们要远走高飞。"布鲁尼尔德过来蹭着她的腿，兰博使劲地摇着尾巴。看上去，听起来，都与先前所担心的相反，它们不会被排斥在这份巨大的快乐之外，也不会失去属于它们的那份亲昵。

　　"爱情让他们对每件事和每一个人都更加温柔，"布鲁尼尔德想，"至少在一段时间内是这样的。"

第二十章

冬季来临前那漫长的几周里，他们一直在做爱。一个柔和的秋末，克里米尔达烤了栗子，配上黄油和肉桂给他们送去，她称之为"圣马尔蒂诺节"，而加百列·罗兰多则把它称作"印度之夏"。

激情澎湃的第一晚之后，他们略带几分矜持与谨慎，在陆地上、在海上、在空气中做爱。热情传遍了房子、花园、树丛和海滩。大海隆隆作响，拍打着涨潮留下的大浪，加百列·罗兰多一直在冲浪，直到倒在沾满沙子的米拉身上。仆人们工作时哼着歌，每个人唱的都是家乡的曲子，一些动植物的花期和繁殖期也晚了，快一月的时候开出了玫瑰，新生的小兔子也在这个不合时令的季节里蹦跶。

那种热情改变了天气，天一直放晴，甚至可以说暖和，与平日不同。

虽然鲜有发生，但当欲望使人慵懒无力时，他们会聊很多的事。他们想知道对方的过去和童年，想知道曾怎么跟别人一起生活。他们讲着故事，但谎言越来越少，谨慎地用激情慢慢重建信任的大厦。秘密来了，对旧爱的嫉妒，过去种种的敞开心扉，能引起短暂的恼怒，可都会在亲吻和拥抱中烟消云散。

"你不需要一辈子都和我在一起，叶卡捷琳娜。你还年轻，几乎是个孩子。我们可以建立一段开放式的婚姻。你来去自由，而我留在这儿，我是个身心都不健全的人。对你不公平。"

"你才是个孩子，还很蠢，和所有男人一样。你痴痴地爱上那个轻浮又神经质的小演员，妹妹还被她带上了同一条路，我难道有错吗？我从未有过刻骨铭心的爱情，我就待在这里。"

"傻瓜，傻瓜。你才不知道什么是生活，它又能给我们带来什么意外和出其不意的反复呢。"

米拉感到很震惊。开放式的婚姻，在她眼里，不就如同打开一封上苍已经封好的信吗？

可是，加百列·罗兰多袒露的心声比她要多。首先是名字，他不叫加百列·罗兰多。他说到了曾经的爱情，一场不属于他的战争中不计其数的死亡，除非可以说男人是所有战争的主人。他还提到了早年犯下的罪行。

可一切都会在亲吻中结束，整座房子都为之震颤，因为他们无法彼此保持距离，最多不过持续一场小吵小闹的时间。记忆，两人如此年轻却因痛苦失望而疲惫不堪的记忆，被欲望的存在抹去了，那种欲望是如此强势，仿佛一头活力充沛的年轻动物，在它激荡的生命中，停滞了所有的死亡。

加百列·罗兰多一边从水里出来，一边说：

"奥兰多，我叫奥兰多。你要小心点，别说出去。奥兰多·加百列。你呢？"

"叶卡捷琳娜，卡塔琳娜，凯特。是你给我的名字，我就这么叫我自己。"

她舔了舔浑身是盐和沙子的他，在这个永无止境的温暖秋季里，盐和沙子已经变凉了。

在房子春心荡漾的气氛下，仆人们之间的触碰更多了，干柴烈火，偶然的男欢女爱，但谁愿意去探究呢？谁和谁，在哪里？

布鲁尼尔德后悔被绝了育，不过只是稍有悔意而已。毕竟，与它心灵相通的前主人、那位母亲的儿子也是如此。可这并没有影响它压倒一切的幸福感。兰博有些怀旧，它回忆起与纯种母狗的交配，好制造出更多的怪物。前前后后，相互舔舐，阴茎还连着，就什么都结束了。它被人一脚踢开，带走，离得远远的，再也不会回来，母狗会怀上更多具有杀伤力的狗，或是发育不全的小崽子，如果是这样没有前途的野兽，刚落地就会被弄死。

快到十二月份了。

米拉仍然没有说出自己的名字，也没有说出狗的名字，因为这是她对爱所做的最后保留。

"兰博，兰博，有可能的。有可能是这一次，我们不必再独自漂泊逃亡，也不需要撒谎了。我失去了力量和机智，但我获得了希望。你瞧着吧。可能这就是东方。"

狗觉得这话令人心神不安。可是，她从来没有因为爱上别人而不再爱它。

接着，幻灭的时刻来了。细雨已经冰凉，雨水在玻璃上缓缓流动，画出精美的水印纹样，与夏季暴风雨的狂虐截然不同。这暗示着终结，仅此而已。同时，也暗示着某种伤悲。

老王提早修剪了玫瑰花丛。废弃不用的房间里，遮光门紧闭着。克里米尔达指挥大家整理好了衣物，还有厨房里的黄铜糕点模具。伊戈尔和老王负责处理需要带走的农具，安东尼娅哭着把银器和瓷器包好，弄了好几天。艾乌克里德斯也花了好几天时间来归置房子里的东西，他借住在那栋房子里，在那里，他用自己的母语爱过，被爱过，年复一年，月复一月，日复一日。

"我们是一粒尘埃上的一小块外壳。没有什么是永恒，除了富人的财富之外，可就算是这个……"伊戈尔说。

"我干活，"老王说，他对俄罗斯灵魂中喋喋不休、言辞繁复的一面没有太大的耐心，"当我不知道会发生什么的时候，就干活。"

房子要被卖掉了。

"老王，也许你不用另寻出路，"克里米尔达说，"我不用。我要去里斯本，然后，只有天知道。但是你，中国佬，就像是日本佬，花园没有你就无法生存。"

"你别乱说话，别乱说，克里米尔达太太。日本人把花园变成铺满细沙的庭院，还加上石头，让树木痛苦万分地伸出开花的臂膀。不要冒犯到勤劳的中国。"

"哎哟，"克里米尔达说，"每个人都会得罪别人。不应该有的，是国家、民族和种族之分。"

"你这是在说漂亮的屁话，克里米尔达，因为你不会丢掉工作。"伊戈尔说。

房子要卖掉了，他们所有人都会得到公平的补偿和充满赞扬之词的推荐信。

但是被遗弃的代价是什么，所熟悉的那么一丁点儿的家没有了，代价又是什么。

克里米尔达留下来。而艾乌克里德斯则会处理后续事宜，接待房屋中介和买家，检查卡车装箱，车子要运送的所有东西都曾被生动地摆放在这座房子里，受到过精心照料。

房子的主人罗尔夫大使向所有人告别，声音里充满了情感和哽咽，极度感伤。

"我们曾是一家人，几乎算是一家人，不是吗？夫人从来都没有这么幸福过。我无法忍受对她最后那点幸福的回忆。你们都要快乐，所有人。老王也留下，克里米尔达，你一直待到去里斯本住的那天，然后就跟着我。老王留下，买家会想要个厉害的园丁的。我正要往里斯本去，去找孩子们。"

他人在东方，可通过餐具室的座机电话，跟每个人都说了话，大家围在那儿抽泣着，安东尼娅哭得比以往任何时候都厉害，比每个人都厉害。老王高兴起来，用三百元店[1]买来的工作服的袖子擤了擤鼻子。也许他可以继续留在那里，远离同胞的阴谋暗算，他，是一位博学的土地测量师，是能让景观获得重生的工程师。

"你做了什么，老王？如果留不下来的话，你该怎么办？"

是伊戈尔，那个专爱打听的看门人。

---

1 商品统一售价或价格便宜的商店，一般为中国人所开。

"不要问问题，这样你就不必听谎话了。"老王回答道，他把口音弄得很夸张，最终让大家都笑了。

每个人都有藏在房子里的秘密。

只有安东尼娅没有笑，她越哭越厉害。失去克里米尔达就像又一次失去了母亲，她是从普拉亚城来的，当时只有三四岁，甚至都记不起来自己母亲的样子。她把布鲁尼尔德抱在怀里猛亲，弄得猫全身都是眼泪和鼻涕。

"等我上长途车时，这个家伙放在箱子里，跟我一起，"克里米尔达说，"别再哭了，安东尼娅，再哭就要变成斗鸡眼了，姑娘。"

作为物种典型代表的布鲁尼尔德，出于礼貌，在几分钟后才小心翼翼地舔干净了自己身上的口水和鼻涕，而且是在那群被痛苦不安所左右的人看不到的地方。据布鲁尼尔德自己所说，他们早就该从种种迹象中预见到这一天的来临了。

克里米尔达是对的。如果安东尼娅继续这样哭，就有可能变成斜视眼。而美丽，还有衣着和形象的光鲜，是不幸之中最后要保留的东西。

"哎，万一他们要把我的毛剃光。"想到这里，它不禁打了个冷战。

第二十一章

接着，他们在一个傍晚出发了。前一天刚下过雨，空气稀薄阴冷。远处，大海失去了亮闪闪的湛蓝，和铅灰的天空同色。

他们的行李很少。

加百列说："穿暖和些，亲爱的，但少带点衣服。里斯本的房子里有我妹妹过冬的厚衣服，她没穿过，可能永远都不会再穿。"

"你妹妹留下的东西，我要用到什么时候呢？"

"别伤心，也别生气。就当是非常爱你的父亲和丈夫借给你穿的。她也没为她穿的衣服付过钱。"

"正巧，像个被包养的情妇。"

"像女儿，像我的妻子和小宝贝。总有一天，你又能想干什么就干什么。"

"拥有所有能拥有的吗？"

"凯特，你还没有把书念完，不会去做美甲师，也不会去当超市收银员。我要重新开始工作，你得重新开始上学。但不是马上，不是现在。淡定。我父亲在等我们，在等你，面对新生活，他忐忑不安。他所剩下的，只有我和我带给他的礼物，就是你。"

"这太让人心烦了，奥兰多，要是我不够好，不配作为礼物呢？"

"听着，亲爱的，满怀希望的人一定配得上。我的继父罗尔夫心里也一定七上八下，担心我爱的人、你，不接受他，对他不好。你想过吗？"

"你妹妹为什么离他而去，逃得那么远？"

"她是逃离母亲，不是他，他宠她宠得都不像样子了。我母亲不太擅长养女孩子，她太喜欢男人了。但找情人的是他，而不是我母亲。"

他们就是这么聊天的。克里米尔达帮着收拾好箱子，安东尼娅抽抽搭搭，不情不愿地把箱子关上了。东西很少。

"我还要再上学？"

"随你，干什么都行。我们也可以去旅行。首先你会看到你的东方，我和你一起去。蜜月和白雪，你都会看得到。你们圣彼得堡的宫殿和乡间别墅，你们安德烈·鲁布利耶夫的圣像画，还有新俄罗斯，粗俗的暴发户俄罗斯，你会憎恨它的。"

"憎恨莫斯科？死都不会。"

"亲爱的，如果你不恨，我就和你待在一起，和你一起寻找你想要寻找的地方和家人。如果你恨，就像我发现自己身世时那么痛苦，我就带你回来。我们有钱，我们有感情，我们还缺什么呢？"

"你是做什么工作的？"

"如果没有残废，如果不是绝望透顶，他会如此爱我吗？"米拉觉得让这样的怀疑介入到自己的爱情里面很不光彩。可她无法消除这种疑虑。

"我不像其他女孩。我没有失去自我。我没有失去理智。"她重复说着，并为自己魔鬼式的清醒感到羞耻，她把这种清醒用在了奥兰多这个与她如此般配的人身上。他是做什么工作的呢，他没有回答。

"狗呢？伊万呢？"

"狗，只有死亡才能把它和我们分开，不过一般来说，还会更早些，不管你去哪里，它都跟着，或者，当它不能再跟我们一起旅行时，可以在狗能拥有的最舒适的环境里等我们。我和继父说过了。多少年来，他都想要条狗，倔犟、温柔、既可怕又忠诚的大狗。他给过我一只罗威纳犬，是母的，那狗也爱他，我不在他身边时，狗就跟着他。"

"他知道这个品种的狗吗？"

"知道。他从我和我母亲身上、也从他自己身上学到，种族不会决定任何人的命运，毕竟，他曾是个逃命出来的孩子。除非出现盲目的灭绝种族的走向，才会引起连锁反应，把所有事物和所有人都变得愚蠢并招致连锁性的毁灭。"

"这是世界的法则，我所属的穷人世界的法则。"在出发之前，他们就是这么聊大的。

兰博用温水洗了个澡，还涂了些婴儿油。它很漂亮，闻起来又香，身上被刷得干干净净，但它讨厌自己干净的狗味。

"他们把我的天然皮脂都洗掉了，那可是我抵御寒冷、风雨和邪恶诅咒的屏障，现在他们让我闻上去像个打着尿布的孩子。算了，就看在他们才是上帝的分上。"

但它还是禁不住洋洋自得，因为加百列送了它一个闪亮厚实的银项圈。

"等我知道了你的真名，伊万，你将会得到一枚刻有名字的狗牌，还有我们大家的地址。耳朵上安一枚芯片，这样你就有了通行证，不论走到罗盘指的哪个角落，都会回到主人身边。你会等到这一天的。"

出发的前一夜，聊天内容是关于它和米拉的，米拉微笑着。这就足够了。不过，它不知道"罗盘"是什么，但听上去不错，其实也并不重要。

他们脚下所踩的土地便是所有存在的土地，是忠诚和责任的土地。

就这样，它高贵大方，戴着项圈和胸背带，胸背带上还另外有一个钩子，能把它扣在路虎的安全带上。它跳到座位上，兴高采烈。这么多袋子、箱子，大家在房门和大门前哭哭啼啼地挥手告别，这次旅行肯定不是去该死的大海。它带走的没有不舍，只有喜悦。

"你会看到的，我的凯特，一个你从未见过的里斯本。夜晚的酒吧街，虽有痛苦，却如没有明天般纵情，派对永远不会结束，瞭望台、圣塔卢西亚、圣塔卡塔里纳、博物馆、贝伦文化中心、阿尔法玛的狭窄街道，那里的夏日气息，就算是腐味，也挥之不去，还有生命的阴暗面。商业广场通往势不可当的入海口，总有一天，成群结队的人们还会回到那里，迎接国王归来的双桅船舰队。城市尖叫呼喊，却不会哭泣，它永远都不会再哭泣了，因为眼泪已在蓬巴尔侯爵时期流尽，独裁统治时它像一只胆战心惊的小狗那样低吼，却又迅速站了起来，又在七十年代末那个最残忍的四月底[1]，如同一只刚刚出生落地的小狗，第一次尝试口粮，舔舐装着第一份食物的大盆。主人不吝啬，也不贪婪。"

"你就像个抒情诗人，加百列，我们那时甚至都还

---

[1] 1977 年，葡萄牙因经济金融危机向国际货币基金组织提出了援助申请，国际货币基金组织于 1977 年—1978 年间对葡萄牙实施了第一次经济金融援助计划。

没出生呢，亲爱的。不在这里，不在那里，你还不存在，我也不存在。我出生在莫斯科，一家肮脏的妇产科医院里，那边装备简陋，但看起来，人们还是在努力工作，奥兰多。我从没见过里斯本，你说的那个里斯本。我只在简陋的郊区住过。我不知道那样的里斯本是否存在。"

"我出生在德班，你看，这还算是幸运的，你看，我的亲生父亲在苏丹某个地方不知所踪。我的继父在南非任职，迷上了我母亲。我不知道当时我母亲是应召女郎还是人体模特，她从未告诉过我，可即使在产后，她似乎依旧光彩照人。于是，她又开始抛头露面，尽管身体还带着生我的疼痛。我告诉过你的，她很高傲、很勇敢，很少有人像她那样。"

"她来自佛得角吗？"

"她是地地道道的巴蒂亚人，来自圣地亚哥，也就是说，她是黑白混血儿。我在马普托的豪华夜总会里见过这样的女人，进场时珠光宝气如同皇后一般，跳起舞来就像扭动的羚羊，从动物学和比喻的角度来看，这么讲是矛盾的，我知道。它们是'非洲的组成部分[1]'。后来是里斯本，在我年少时的感觉里，它是世界上第一

---

1 《非洲的组成部分》，葡萄牙作家赫尔德尔·马塞多（Helder Macedo）的一部小说名。

个被我视为祖国的地方，不是一个国家，而是一座城市，只是在世界各国中，它是受到惩戒的城市。我猜想，就和你的莫斯科一样，在那里，死去的罗斯托夫的鬼魂还在起舞，克里姆林宫的金子、瓦西里升天教堂仙女蛋糕似的螺旋形屋顶仍在发光。还有所有的污糟，所有的苦痛、奢侈和垃圾。"

"爱是一种记忆吗，奥兰多？"

"我认为是不能失却的记忆集合，它不会放过我们。你呢，我亲爱的，叶卡捷琳娜？我们快上王子公路了。还差三小时才到里斯本，你饿吗？冷吗？我开了空调。我的继父会张开双臂迎接我们，还有一顿丰盛的晚餐。鹌鹑蛋、德式炖猪脚薄片、三文鱼和小龙虾。他是犹太人，但也不完全是。你想在中途停一下吗？"

如此体贴的照料，如此光明的前景。

"我不知道如何才能不再更爱你一些，"米拉说，"开吧，开吧，我想早点到你家。"

"到我们的家。我们俩决定是否留在那里之前，我的继父不会卖掉里斯本的房子，这还取决于我那疯狂的妹妹，她是不是想回来，什么时候回来。里斯本和所有颓废的地方一样，那儿又变得时尚起来了。美国人或者是被美国化的人，甚至在看到荒废或肯定会荒废的地方时，也会画十字祈祷。凯特，你在每个仆人的每边脸颊上都吻了三次，那很美。"

"那是已经荒废了的动作。"

"没那么夸张，凯特。每天在电视新闻上都能看到。"

"看得到大家都是这么亲吻的？俄罗斯式的亲吻吗？"

"放松点，凯特。我在开车，我不能吻你，就算只吻一下也不行。我也很想快点爬上为我们准备好的床，太想了。"

"所有特权都是腐败的吗？或者不是？"

"是的，但一切都是相对的。我们不是圣人，也不是完人，凯特。"

"任何俄罗斯人所怀念的都是成为圣人，成为完人。神圣的俄罗斯母亲，记得吗？那不是一个国家，而是一种信仰。它堕落得越厉害，就越会这样。俄罗斯郁郁而终。"

"那美国，难道不是这样吗？还有萨拉查的国家，尊崇上帝、祖国和民族的国家，不是这样吗？别激动，叶卡捷琳娜，我们可以一起，尽我们的微薄之力。"

"上帝、祖国和家庭。我们能建起一个家庭吗？通过试管婴儿？"

"为什么不能呢？"加百列·奥兰多说，他看了看后视镜，把车开到第三挡，放慢了速度。

然后，一切都发生得飞快。

兰博坐在后面，安静得像一只老鼠，沉浸在一波又一波的幸福之中。夜幕降临了。它可以一直睡到两个相爱的人要带它去的地方才醒。可突然，它睁开了眼睛。背脊竖了起来，这是它想变得比原有的身躯更为庞大的信号，在危险、在威胁面前，显得更为庞大。

这时，它想起了布鲁尼尔德、它未必真实的卡桑德拉[1]，悲伤的离别时分只有欲拒还羞，正如它们之间存在的爱情。

"小心点，狗狗，他们可是在一个开放的火山口上谈恋爱，自己却不知道。人类不懂得警惕死亡之卵的孵化。狗也不懂，但你却可以准备好你的那副铁下巴。再见，狗狗。我爱过你，我会想你的，这对我、一只猫来说，是一种耻辱。我从没对你发过火，不过也没有发火的理由。再见，兰博，你要留心，因为福祸不单行。你是我这辈子见过的最不愚蠢的狗狗。"

"你这只长了乌鸦嘴的猫，再见吧。装你的小盒子里就差给你铺上锦缎垫子了。回见，妮妮。"

那是过世女主人赐给它的小名。

---

1 希腊神话里的特洛伊公主，她抗拒了阿波罗的拥抱。这里是用她来戏称布鲁尼尔德。

"我觉得应该不会，兰博。来把我带走的应该是一个蓝色天使[1]，因为我是这么的美。"

猫不祥的预言正顺着脊背进入它的身体，从宽阔的后脑勺到尾巴尖都在颤抖。它从座位上站了起来。

一切都发生得飞快。

"坐下，伊万。我没叫你，你就别动。"

但是兰博此时看到还听到了警车发出的可怕呼啸，警笛声，亮起的红色警灯闪烁。他们离王子公路只差几公里远。

"我们超速了吗，奥兰多？他们想要干什么？"

"那不是警车，凯特。如果是的话，就是被偷了。我开慢点，你跳到后座上去，给狗戴上口套，把出门的链子也拴上。快点，亲爱的，然后我再加速。没有时间做其他事了。不管发生什么，都不要反抗，叶卡捷琳娜。"

米拉照做了，动作敏捷得像个孩子，她还是个孩子。躲避危险的智慧是一种非常青春的东西。奥兰多，米拉，还有大狗兰博，他们都很年轻。但扑过来的坏人也是。

---

1 此处指天使加百列。

第二十二章

一切都发生得飞快。

即使加百列·奥兰多把路虎的车速提到最高，警车还是超过了他们，现在警笛不再响了。车里面有三个人，戴着黑色面罩，只露出眼睛和嘴巴。前面那个把身子探出车外，手里拿着左轮手枪，示意他们停下来。加百列·奥兰多把车停在应急车道上。如果有另一辆经过的汽车，他们会以为是一次临检，或者更糟，根本就不会停下。

"不要反抗，凯特。尽量别动，拉着狗。"

"你知道他们是谁吗？"

"不，但他们可能知道我是谁，或者我们是谁。不要反抗。"

警车在前方几米处斜着停下来，车头对着路边。奥兰多开门下车，双手半举着，手掌摊开，对着三个迅速逼近的人影。

"证件，伙计，钞票、手机、吉普车钥匙，越快就越不会找你麻烦，你心里有数了吧，伙计？"

"别动歪脑筋，操蛋的，老兄，这次我们是三个人，再多的钱也帮不了你，警察也没用。小妞到外边来，还有那条疯狗，马上。"说话的是开车的人，他用一把截短枪管的猎枪指着吉普车里面。

"下车，凯特。"奥兰多说。

"下车，女士，出来找点乐子，美女，离开了这个黑鬼小爷，你都不知道什么在等着你。"

"哦，伙计，算你是个白种人了，别发疯了。真他妈没劲，老兄，黑鬼来黑鬼去的。我跟你是绑在一条绳子上的蚂蚱！你是脑子不清楚还是怎么的？"

现在说话的是一个声音更沙哑的人，拿着消音手枪。米拉吓得无法动弹，她认得出那几个声音。在哪里听到过，是什么时候？

最瘦的那个没有开口。他拿着一把弹簧尖刀，打开着。他戴着眼镜。

"识相点，伙计，识相点。不好意思了，伙计。"

"赶紧撤吧，免得事情弄得太难看。把小妞和疯狗弄出来，别再这么多话了。"

米拉下了车，兰博戴着银项圈，套了两条链子。

"哦，女士，你可有好日子过了。你不用再跟着狗和黑人太监混了。"拿着手枪的人说。奥兰多乞求她不要作声，他的手臂仍然举在半空中，像个主持弥撒的神

185

父。米拉尽己所能，拼命转动脑子。

"你们把东西都拿走，让女孩和狗留下。你们眼前就有很多钱，给你们拿去绰绰有余了。别碰女孩和狗。"

"没劲，伙计，糟透了。别，别激动。我才不管你的屁话。这些家伙，你都不记得了，不管你配不配合都得挨揍。你上过战场，打人、挨打，但现在你只有挨打的份了。这很糟糕，伙计。抱歉。"

"让女孩和狗留下来，我付双倍的钱。"奥兰多说。

"你，伙计？你都用不着为这狗付钱。你们看看它是谁，看看它是谁，兄弟，这只狗。"

"你疯了吗，伙计？"

"看它浑身上下那样子。脸上的斑点，从嘴到耳朵的疤。你想看吗？你没看见吗？"接着他喊道，"兰博！"

狗躲在米拉后面，尾巴垂得低低的，夹在两腿中间，被吓得不轻。这些都是折磨它的人，最早折磨它的人，它从没在他们那里得到过爱抚，他们只会粗暴地拍打它的背脊，挑动它去获取胜利，杀死另一只狗而取得胜利。只要不是残羹剩饭，或者母狗妈妈可怜的乳头里挤出来的那点东西，对它而言就是新鲜食物。

它最早的主人。

他们两个。可还有第三个人，喜欢尸体的魔鬼，兰博不知道他是谁，但闻起来就是有一股死人的味道。有点甜的腐烂味道。

这时，米拉对着他们中最强壮的那个拿短管猎枪指着加百利·奥兰多的人开口了。

她开口了，说道：

"操你娘的，混蛋。"她还用上了其他想得起来的俄语破口大骂起来。

奥兰多放下手臂，抓住她的手腕。

"把所有的东西都拿走，但让女孩和狗留下。钱有得是，安全第一，兄弟。你别管，凯特，别再说了。"

"再多的钱也抵不上这样的小妞和狗。他们可是上好的金子，人人都要收藏，连自动取款机都比不上。"

一切都发生得飞快。

"上好的金子？你疯了吗，伙计？"拿着消音手枪的人说。

"这可比得上沙特阿拉伯的柴油，是额外的奖励。你听到那个小妞的粗口了吧？让她穿上靴子和吊带袜，我们带上狗，这下我们可中大彩了，我们，还有阿达尔吉萨教母。只有开心地玩，没人多话，没有警察。快撤吧，伙计，别再耽搁了。"

奥兰多走上前去。

"女孩和狗，不行。"

子弹击中了他的胸口，右侧。他摇晃着，但没有摔倒。

"吻我，凯特。"

"米拉，我叫米拉，我叫米拉，亲爱的。"

"多可悲的一幕啊，"拿着刀的瘦竹竿说，他一直都没开过口，"快了结掉吧，伙计，从这里开车到波尔图得六个小时。别废话了，傻瓜。我们已经搞定了。奇怪的是你们还喜欢唠叨。够了。了结掉，伙计，有了这样一辆豪车，这个车牌，就算到了奥伦塞也没人敢拦我们。我们没必要待在这里，谱写卢济塔尼亚人之歌的终章。"

米拉几乎没有时间把那血淋淋的人抱在怀里。

"米拉，我叫米拉，我的朋友，我的爱人，我是米拉。"

此刻，当爱情死亡的时候，刽子手是否还活着都无关紧要了。此刻，他们是否知道她的名字都无关紧要了。

两人听从了持刀者的命令，也许是因为不知道他的话是针对谁说的。拿猎枪的扫射了加百列的胸部，拿消音手枪的在他前额打了个洞，开始几秒钟，那个洞乌黑乌黑的，没有红色。

米拉扑到他身上，没哭，也没叫。"还有兰博，狗叫兰博，亲爱的。"

兰博已被塞进了汽车的后备厢，封上了嘴，还用链条锁住了。

"品位不高啊，小姑娘，"一直没有亲自动刀的凶手说，"你会发现，有仆人却没有爱的生活更容易。是的，爱情是生活中几乎所有一切的障碍。上车吧，坐到我身边来，我们从贝拉往北开。没事的，我是个有教养的人。上车吧，米拉小姐。"

"我一定会杀了这个人的，"米拉心想，"可用什么办法呢？和谁一起呢？"

米拉跪在地上，破洞牛仔裤上沾满了鲜血，裤子也是那个不知所踪的妹妹的，她甚至没能合上爱人的眼睛，那双眼睛望向漆黑的天空，已经开始呆滞。

她对着深夜举起拳头。

"混蛋，狗娘养的。"

持短杆猎枪的人跟另外两人一样，把帽子和面罩脱了下来，对着她的脸举起了手，但没打上去。

"别把好东西打坏了，伙计。拿烟头烫她的下体可以起到同样的效果，除了她自己，没人注意得到。或者烫在狗的背上，等到了桑塔棱山谷，咱们把它从后备厢里弄出来。她真正喜欢的是狗，是不是，米拉小姐？走啦，时间不早了。"

说这话的是那个戴眼镜的瘦子，拿着刀却从没怎么用过，除了去捅兰博，因为它不肯进吉普车的后备厢，但它戴着口套，无能为力。

米拉从柏油路上站了起来，地上的鲜血开始凝结，又浓又黑。她模模糊糊地记得，血是能把血引来的。此刻，痛苦开始以模糊的形式出现，一片虚空。她默默地冷静了下来。她穿了一件连帽外套，内衬是兔毛的。她拉上拉链，扣好扣子。一股彻骨的寒气向她袭来，就像东方曾经的寒冷。

她坐到了后面，和戴眼镜的那个人一起，他丑得就像脑袋上抓出来的发白的虱子。丑陋、瘦弱的白人。他微笑着，眼睛是蓝色的，却一片浑浊。

英俊的未婚夫，也许还有些神秘的加百列·奥兰多，留在了那段公路上，血流满地，横尸路面。他脸朝下，被扔在警车旁边，已经死去。

"为什么？为什么他不能保护自己、保护她呢？"

"把衣服脱掉，小妞，你脏得要死，这样去收费站可不成。"

是开车的在说话，那个金发的家伙，她在卡帕里卡的小屋里曾隐约见过他梳得高高的发顶。

"听着，我要问一句，你和那个聪明的黑鬼是从哪里弄到这只狗的？"

"操你娘的，你个没种的混蛋。"

她旁边戴眼镜的把手放到她的胳膊上，那只手有气无力，软绵绵的。他笑了。

司机边上的黑白混血儿再次怒骂起来。

"你个该死的种族主义者，再这样我不干了，伙计。"

"你已经这么说了很多年了，可不一直都跟着干嘛，伙计。黑鬼是黑鬼，钱是钱。我没给你弄钱买白粉吗？"

坐在后面、有气无力的那个，脏手一直落到了米拉双膝间的三角部位，他评论道：

"他们知道你是从哪里来的，我的好姑娘。可要去哪里，只有上帝知道。需要是创造力之母，没有什么比上帝对我们的需要更美的了，真是可怜。我会动脑筋，小姑娘。我在这里只是挑战一下智力。了解那些不法分子，你知道吗，米拉小姐？"

"我知道。我还知道你让我恶心，死蛆，流脓的臭虫，不要脸的东西。"

"但是我会动脑筋，小姑娘，我会动脑筋，要是你轻轻吻我一下，我会很高兴的，小娃娃，亲爱的宝贝。"

"把你的刀借给我，我会叫你看看哪里最舒服，你个残废，你个变态的疯子。"

如果前排的人在听的话，他们也懒得听。他们的心思全都在手机和 iPod 上。

任何痛苦或是愤怒都无法触动他们。或者说，无法让他们反思自己可能造成的、留下的痛苦，一副破碎的躯体，被抛在脑后。他们无法感受痛苦，就像没有听觉的神一样无动于衷。

"那个没种的混蛋是她男朋友，可怜的家伙。"

背叛，谁背叛了？

可是南部的家，往南，白色的房子，就像加百列·奥兰多的尸体一样，已经远远落在了后面。

当我们经历过许多痛苦，一切都会过去得更迅速、更模糊、更容易被遗忘。一切都会流逝得不留痕迹，除了空白的灵魂，赤裸裸的，没有感觉。

"小姑娘你也不哭，看到了吧？我们都有些残忍，谢天谢地。"

"如果我能用钳子拔掉你所有的牙，你就会高兴得哭起来。"

有气无力的男人笑了。

"这些几乎都已经是种的假牙了，小姑娘。每颗好几千欧元呢，米拉小姐。"

"我们已经走投无路了，兰博。希望你在后面能听到我说话。"

"小姑娘你可真够野的，和你的种族相匹配。那只丑八怪狗配你还真不赖。"

第二十三章

绝望是一件平静的事。

米拉不一会儿就睡着了，睡了好几个小时。

"把你的头靠在我肩膀上，哭吧。"那低俗的同伴哼着歌，越看越像《萨罗》里最令人厌恶的施虐者，那个讲愚蠢笑话的人。

米拉时不时地睁开眼睛，看到他们正往北去，一直在往北行驶，一直往内陆行进。她再也看不到里斯本架在万家灯火之上的拱桥了，它高悬在充满希望又业已失去欢乐的山丘上。那座不复存在的，死城。

她想起被残害、被抛下的奥兰多，记忆就像在她腹部刺了一刀，她强忍下来，再次睡着了。兰博在后面，它的命运也将走向暴虐厮杀。年轻纯真的她，用睡去的方式来反抗身边活生生的邪恶。在恐怖折磨的间隙，人应该就这样睡去，在封闭的车厢里，在沙漠中，在不透气、暗无天日的地下室内。梦以一种温柔的方式重复着，因为那是梦。

她睁开眼睛，看到路边蓝底白字的路牌，往北，一直往北。往北，往内陆，沿着开往内地的高速公路，不经过任何城市。只有郊区和桉树，松树，路边大片的危房、弃屋。没有牲畜，也没有人。

大家像她一样，也在睡觉，等待着更多伤害、更多损失的到来。她梦见自己在爬楼梯，手脚并用，脖子上套着项圈，被一根皮带牵着。《萨罗》的遗骸，白天出现的噩梦的遗骸，可毕竟还是幸福的，因为在爱的怀抱里面对恐惧是生活中最大的乐趣之一。仿佛可怕的寓言故事，入睡前讲给孩子听，用一个吻、一盏小夜灯，就能把床下的怪物抹灭。

但在这里，情况并非如此。

醒来就是再次死去。

"波尔图，二十公里。"米拉睁大眼睛，坐直了身体。她的同伴，那个动脑筋的人把一只手伸进她怀里，幸运的是拉链很难打开，她的身体被封上了，她没被弄醒。那只也在打盹的肥胖手腕上有一个红黑相间的文身，一个"卐"字和一只小小的双头黑鹰。

"这一路过来，小姑娘你睡得就像个天使。你会看到，以后醒过来，好日子就在后头。我很高兴看到你精神饱满、漂漂亮亮的。"

黎明时分，可仍然夜幕重重，一片灰暗。路边的灯多了起来，来去方向又各有了三条车道。北方的树木越来越多，桉树越来越少。大片的房子，简陋的别墅，一排排工厂和仓库。

"这个国家，"她回忆起加百列·奥兰多的声音，如此遥远，"这个国家，可以繁殖考拉。它们只吃桉树叶子，可惜养在家里一个月后就会死掉。它们是可爱的宠物，温顺听话，动作缓慢。我想它们是在沉睡中死去的。"

"那袋獾怎么样呢？我们可以养一只吗，加百列·罗兰多？""这家伙不出一个月就会把你吃掉，把我和狗也吃掉，亲爱的。要不，就会死于暴怒。"

他们在海滩上，笑得前仰后合。兰博很恼火，它在人造茅草屋顶的阴影下等着回家吃午饭，克里米尔达特意准备了煮羊肉，它等着他们结束在无垠海边的欢闹。

"多奇怪啊，"米拉心想，"笑的回忆才最让人想哭。"

但她没有哭。

他们上了一座桥，接着，在眼前几乎能看到整个杜罗河的河口，宏伟壮观。在一座座丘陵和灯火阑珊的小山之间，塔楼、城墙之间，一条开阔的水线蜿蜒而下，被两边的河岸遮挡着。比起夜里的里斯本，它的美丽和力量更为震撼。能感觉得到，那是一条河，可河流控制着大海，而不是被大海所控。入海口没有水流汇聚冲撞，波澜不惊。

"不败之城，"米拉想起书中说过的，"有这样一条河，当然能够如此！就像伏尔加河一样，应该就像伏尔加河，"她想，"如此蜿蜒、神秘、黑暗。"

"你很安静啊，小姑娘。"

"我想小便。"

"马上就能小便了，小美人，我们快到了。如果按我的口味来，你尿在这里，只会让这些座位更值钱。黄金雨，知道吗？有些人可是会花钱用嘴巴来接住的。"

伏尔加河，金色的河，从东向北，河面上到处都是船夫，夜深人静时吟唱的男低音。让人肃然起敬的杜罗河。

米拉开解自己。艺术对生活来说，对屎一样的生活来说，什么都不是。或者是？能为此苦恼吗？为此苦恼，可以。保守的人，可以。但在艺术中，保守的人又是怎样的呢？米拉痛苦不堪，几乎精疲力竭，不仅是因为悲伤，而且还因为那几分钟里在阿拉比达桥上看到的波尔图和杜罗河的美景。

"我也是不败的，"她边想边偷偷地用另一种语言说道，仿佛那座城市是一位知己，"我也是。"

一座陌生的城市就像一个新的灵魂，不是欢迎我们，就是拒绝。而那座城，从高处看，正用十万双悲悯的眼睛，越过山头，越过城墙，迎接着米拉。

　　"小姑娘，你在自言自语吗？"

　　"当我想小便的时候。"

　　"用意大利语吗？最好还是……"

　　"我想小便。"她重复说道。

　　因为她想摆脱他们，即使以后的情况会更糟。

　　"最好使用你们国家黑手党的语言，他们的能力毫不逊色，而且无处不在。"

　　"操你妈的。"米拉说。

　　疲惫、痛苦、不败的信念，都让她重复着同一句话，就像一只总在用同一种方式嘶吼、咆哮或者尖叫的动物。

　　她在桥上所能看到的景象，是一只动物，一头深色的鲸鱼，脊背上插着用光源、天线、铁质花纹假桥做成的花镖，它蜷伏着，被冲到了岸边，一头好心的黑色抹香鲸，为她、米拉的不幸泼洒圣水。静静流淌的水。流水的辛劳。

　　城市就像人一样。不是爱我们，就是拒绝我们。第一眼就能知道。

　　"吻我，波尔图。"

还有哪座城市会叫这个名字？波尔图[1]，最后的避风港。

"吻我，凯特。"

承受过葡萄园梯田还有那些帆船、驳舟考验的城市回答道，那些船只仍然停泊在肆虐过里贝拉区的大水之中，鱼龙混杂却又亲切的里贝拉。

"亲爱的波尔图，我来了，却是为了离开。"

"算了，"城市说，夜里，它比黑色的太阳更美，漆黑一片，只见潮涨潮落时的点点灯火，"算了，小姑娘。有些事情，比死亡糟得多。"

"小姑娘你疯了吗？现在自言自语，还用波尔图腔？看，我们快到了。收拾一下吧。"

那位博学之人说道。

"操你娘的，他妈的，狗屎不如的东西。"

"小姑娘你可真是圣灵降临日的奇迹！喷火的小舌头从思考的小脑袋瓜子里冒出来！你就是根天生的舌头，人们就是这么形容十七世纪的航海翻译家的。看看，你一个小姑娘，就抵得上整片维森特海岸。我会照顾你的。"

"你们听到没？这可是地道的发音，标准的葡萄牙

---

1 葡语里意为"港口"。

语。这是维森特和卡蒙斯，这是愤怒的卡米洛，却从一个身无分文的俄罗斯小婊子嘴里说出来。"

"我讨厌那些和文学打交道然后又没法和文学共悲喜的人。"

"精神崇高，精神非常崇高，小姑娘。"

"还很希伯来式。打开书本后，却不按照它来生活。穆斯林也是如此，与《圣经》这本书有关的文化，只有那些人才正在返老还童。小姑娘你就是一篇煽动暴力的纲要。你认为，如果人们按照鸿篇巨制之所述来过日子，还能活着吗？"

"至善之人无法存活。"

"天啊，你这个小俄罗斯人真是既极端又疯狂。死亡集中营早已不复存在了。事实上，俄罗斯一直都是整个欧洲，"他歪了歪嘴，"在欧洲成为欧洲之前就是了。是种族的混合——它只能造成流产。"

"操你妈的，鼻涕虫，白痴。"

"你们听到没？你们这些连三个音节以上都说不来的人？"

在后面的兰博温顺安静，如同被判了死刑，再次陷入痛苦之中。可是米拉听到了它所说的话。

"别跟他废话，主人。最坏的，是那些多嘴多舌却没有任何感觉的人。"

那只手坚持不懈、悄悄地搁到米拉的大腿上，她推开了那油腻腻的手，接着，就闭嘴不言了。

兰博被锁在车后面的后备厢里，一如曾经多少次那样被送去挑战死亡，它无法入睡，因主人不断受到的威胁而焦急紧张，却无能为力。它什么都做不了，帮不了加百列，也帮不了米拉。它躺在箱包中间，瞪大了眼睛，沉浸在一条忠诚勇敢的狗所能感受到的最深切的悲伤之中——在所爱的人面前，无能为力。被戴上口套，扣上链子，是为了它好，这些，它都明白，但它对从人类手中射出、稳稳当当射到外面的铁牙无能为力，子弹，是取代牙齿和爪子的致命金属，任何动物都无法阻挡。

所幸，米拉还能听到它。她因愤怒而变得模糊的声音，平静了下来。也许就像海狸，当它们不愿被噪音影响时，就会关闭耳道。

这帮活生生的无赖，即使快到目的地了，却还在喋喋不休，上帝知道，如果上帝知道的话，他们到了之后还会继续作恶。有的人就是这样——因为不存在，或者无足轻重，所以不愿闭嘴。

"只有三件事可以驱动人类——生存、物种繁殖和领土保卫。也就是说，饥饿、性和权力。你不这么认为吗，小姑娘？"

"噢，大博士，闭上你的臭嘴，伙计，我们正手忙脚乱，靠这狗屁到普雷拉达呢。应该是大傻逼的意思，黑鬼用不来现代化的新玩意。"

开车的是那个黑人。

"把车停到那排车边上，伙计，我们得在危险到来前开溜，明白吗？你下来，伙计，从这里开始我来开，拼命开，现在这时候便衣警察正守在迪厅门口呢。"

他把 iPod 换成了手机。"该死的现代化生活。"黑人一边说着，一边和他换了位置。

"喂，是阿达尔吉萨教母吗？我们快到了，可这里有个同伴不认路。把锁打开，下面的和上面的都打开，这个时候，就算有人进来，也不会比我们更坏……不行，没时间了，我们今晚还有事要办……俄罗斯小妞和疯狗到你那儿去……不，吃饱了就不咬人……别给它吃猪肉，也别给土豆……不，是不要给那该死的狗，教母……咱们等下再说，但也只能说个大概……这次是中了乐透大彩了，教母……大博士？他来的，他怎么会错过剩下的好戏呢……一会儿见。下面的和上面的锁都打开来……几分钟就到……噢，教母，邻居们已经习惯深更半夜里的电梯响了，狗不是那种会叫的，小妞也不是那种会尖叫的……"

普雷拉达[1]？是去修道院吗？还有电梯和邻居？米拉自顾自笑了起来，无声绝望之中勇敢的笑，一边推开那只咸猪手，那手坚持着，但力气已经不足了。至少这天晚上，不管是哪里，他们都会把她留下，还有她的狗。

她想到了特雷莎·德·阿尔布凯尔克[2]，她得了肺结核，晕厥在院长嬷嬷虚伪的怀里，向西蒙·博特略挥着手，后者也倒在了暗恋西蒙却不求回报的好心贫民玛莉娅娜的怀抱之中。还有那个小特雷莎，一个被简单爱情偷走美好岁月的洋娃娃。书中的爱情，电影中的爱情。艺术中的爱情，支配着爱情。

不，爱情没有被支配。当她蹲下来抱住还戴着口套的兰博的脖子时，加百列·奥兰多的脸、眼睛、手和脚，甚至是他残缺不全的身体，如同七把利剑的剑锋那样刺入她的腹部。在通往十楼电梯的咔咔作响中，那个金发青年，唯一一个和他们一起上楼的，正因给他们带来的痛苦而笑。

可七把利剑不曾是、不正是圣母与哀悼基督宗教画上的七苦吗？不，不是的。米拉试图穿过口套的缝隙亲

---

1 此处指地名，但葡语里亦有"女修道院长"的意思。
2 葡萄牙小说《毁灭的爱》中的女主人公名，此处人名皆为该篇小说里的人物。

吻兰博，缝隙里的肉因悲伤而颤抖，她透过兰博脸上小小的四边形开口，亲吻着心爱的狗的脸，她的拥抱、爱抚和亲吻，没有人哭。她尖叫，她哀号，声音却只有兰博能听到。

狗是不哭的。

"再见啦，小姑娘，我晚点再来看看他们是怎么安顿你的。"

第二十四章

公寓显然很大。门厅里，阿达尔吉萨教母热情洋溢。金发青年取下了兰博的口套，狠狠地拍了拍它的鼻子。

"现在老实点，伙计。"

"得快点儿，教母，那辆豪车停在楼下，打着双跳灯，黑人疯子和大博士都紧张得要命，眼睛盯着角落。包在这里。胜过狂欢派对的纸醉金迷，好厚一摞钱。好好地把这钱用起来吧。买些狗粮，别的东西它应该不吃。把狗关进储藏室里，周末我会来接它。这家伙现在懈怠得只剩个大空壳子，但我不管，恶狠狠训练上两周，它又会变成从盖亚到马托斯尼奥最好的杀狗能手。照顾好它，就能有更多的钱送上门来。别惯着它，踢上几脚，让人带到街上去拉屎。今天已经撒过尿拉过屎了。这狗一直都很凶，但它很干净。至于它的主人，把门关好，锁上。大博士看上那小妞了，想一个人独享。"

"那可不行，孩子，家里的规矩可不是这样的。如让一个人包下，那没办法赚钱了。客人得换着来。"

"他付钱。有的是钱。"

"我们走一步看一步吧，年轻人。"

"就在那儿，在你眼皮底下，阿达尔吉萨教母。你有多久没看到这么高的一堆钱了？跟克尔克瓦多山上的基督像一样高呢。不会有危险的，就是狗，还有操女人，她已经不是小孩子了。你还想要怎么样？一切都进行得顺利，安全得很。现在我要走了。把这个女的看好了，这还只是给你的第一笔钱。"

接着，他走了。他没狠狠地关门，因为阿达尔吉萨说过别弄出太大的声响。有两个正在很多颗星的大酒店干活儿的姑娘会在凌晨到家，如果还能回来的话，应该能的，她们会带着辛苦挣来的钱和属于她、阿达尔吉萨的那份。但是男孩南迪尼奥和女孩贝贝尔两个人还在睡觉，明天是工作日，客人几乎都要排队等候。

米拉脱掉了兔皮内衬的外套，坐在一张长凳上，一盘烤血肠、面包和一瓶可乐推到了她面前。

"吃吧，小姑娘，伤心也不能当饭吃。叫我阿达尔吉萨教母，这房子里所有人都这么叫我，也该这么叫我。"

她给狗准备的，是一锅米饭和没怎么煮熟的剩鸡肉。

"不要猪肉，不要土豆。好吧。今天就只有这些。够吃了。"

兰博吃饱了。

米拉吃了几口。在悲伤和恐惧之中难以下咽的东西之一，是食物。

她和兰博到了那里，她上完厕所以后，他们便不言不语、如此安静，仿佛并不在那边似的。

阿达尔吉萨教母的厨房，也就是他们待的地方，一尘不染。事实上，米拉后来才知道，房子里别的地方也是这样。地板上一滴水都不能掉，免得被踩开弄脏地面。

米拉和兰博仿佛不在那里，看起来也不像存在的样子，女人开始数起金发青年留下的那叠钞票，金发青年的头发现在相当长，从后脑勺上披下来，头顶却已经半秃。

"哎呀！"阿达尔吉萨教母说，"这几乎比有钱情人的遗产都要好。或者是丈夫的遗产，性格温和、被戴了绿帽的丈夫，小姑娘，因为这样更合法。"

是的，阿达尔吉萨教母的厨房一尘不染。她是巴西人，巴西人总能让有创意的杂乱无章带点魅力，可她不这样。放眼望去，没有美丽，也没有快乐。也许是因为她老鸨的职业，需要纪律严明、禁欲克己。没有巴伊亚的硬壳挂饰，也没有亚马孙的小工艺品，只有一把为食物赋予生命的木勺子。她虽是巴西人，却有着外科手术医生的灵魂。她就像是出生在雷波莱拉，只对清洁、秩序和银行账户感兴趣。只有在一切都下流粗俗却不让人联想起悲惨的世界里，她才能感觉自在。没有比这摆得更糟糕的桌子了，不会有了，既没有艺术，也没有生活。

太愚蠢，傻得像头蠢猪。"干净和礼仪"，米拉想起玛法尔达·埃文斯轻蔑的口气。俗气又凄凉，就像用塑料装饰板做成的爱心。那儿就有一颗，用来挂厨房的抹布。

一切都干净整洁，井井有条。她告诉米拉，浴室是清洁女工用的，和一个搭出来的阳光房连在一起，里面有蕨类植物和秋海棠，它们都被精心呵护，看上去像是塑料的。浴室里窗明几净，到处都是清洁用品，按照大小和用途排列。扫帚、拖把和水桶。一切都井然有序，都是相同的颜色——樱桃红。

厨房里，微波炉关着，烤血肠几乎是生的。

米拉被警告过，那警告声里几乎有一丝亲切，是那种说话时总会流露的口音。不能让水滴出来。不能把水滴踩开来，可阿达尔吉萨教母得知兰博在斗狗市场上值多少钱时，立刻就因激动而犯了错。为了它，她把水盆放到了炉子边上，那个极其先进的镀铬电炉，嵌在设计豪华的台面上，几十个深蓝色按钮映衬着洁白无瑕的厨房，但从既无用又无味的夹生血肠和焦面包来判断，这些按钮应该派不上什么大用场。

"得给纯种狗随时都备好干净的水，这是在米纳斯吉拉斯的时候我祖母告诉我的，我们有一只巴西獒，大得像头白色小牛，骨头里流着失控的黑色血液，跟幻影一样美。我小时候就骑过它，你知道吗？后来，农场里所有的东西都没了，一股脑儿都给卖了，狗也是。"

兰博又紧张又口渴，它喝了水，把水踩得到处都是。

"夫人，真对不起。狗狗，它很紧张。"

"'夫人'是怎么回事，叫我'教母'。"

"好的，教母夫人。"

"算了，小姑娘。你得去睡一觉，因为明天有个重要客人。明天尤弗罗西娜来，她会用抹布全都擦干净的。可怜的狗，它不习惯住在公寓楼。我带你去看看你的房间，那是一个奢侈的小窝，小姑娘，你会瞧见的。"

"阿达尔吉萨教母夫人，我想请您帮个忙，就一个小忙，就一个晚上。"

"叫阿达尔吉萨教母就够了，亲爱的。如果能满足你的愿望，我会的，你说说看，我听着。你漂亮得好似一头沼泽地里的雪豹。胸部不大，屁股也不翘，但客人要是喜欢，为你死了都愿意。狮子的鬃毛和男孩似的身体。既不太男性化，又不太女性化。你想求我什么？大博士可看中你了，他是个政客，有的是钱和好日子，至少目前来看是这样。就是硬不起来，小姑娘，有时候没有兴致。我以前也是红过的，小米拉，现在都很少想得起来有兴致做些什么。我带你去看准备好的房间，我的孩子。房间很漂亮。你会在这里工作。全都是红色的，天花板上装了镜子，你会喜欢的。你年纪没到，也没接客的经验，所以不能像巴西姑娘内雷德还有乌克兰姑娘尼娜那样出台陪客，她们都是我心尖尖上的教女。也许你们能处得来，我也希望这样。但是你，就像那些小朋友那样，要在家里接客，一切都舒舒服服，讲究体面。"

"我不会说乌克兰语，阿达尔吉萨教母。"

"但她会说俄语，而且，说些什么好呢，很期待你来吗？我们去睡觉吧，小姑娘，这一夜太漫长了，对你对我来说都是，但还是有所值的。"

兰博睡着了，它精疲力竭，睡在一块难看粗糙的拼接地毯上，那是用来接洗碗机、洗衣机、盘子和衣服上滴下来的水的。

"我想求您，阿达尔吉萨教母，今天让狗最后一次睡在我的房间里。它已经习惯了。"

"和你睡？"

"睡在我身边。已经很多年了。如果它得去厮斗，就去吧。但请让它在我旁边睡上一晚，可怜的家伙，直到它习惯不睡在我身边为止。"

"希望它会习惯，就今天一天。可我还是得把你关起来，小姑娘，不好意思，这是命令。"

"没关系。它已经拉过尿过了。"

"至于你嘛，床下有一个尿盆，明天尤弗罗西娜会倒掉的。现在，去睡觉吧，小丫头，心安理得地睡一觉，那些把被剥削者剥削到极致的人才能这么心安理得。"

阿达尔吉萨教母的头发染成了桃心木红，身穿一件粉色羊毛旧睡袍，她把衣领竖起来包住脖子，虽然屋子里开了暖气。她从摆放着简陋晚餐的桌边站起来，甚至都没注意到烤血肠半生不熟。吃饭，不是一种快乐，也不是一种分享。如果俄罗斯姑娘敢来挑衅，那就弄死她，还好这并没有发生。俄罗斯人和年轻妓女消失在黑夜中，无论怎么发生的都无关紧要。大草原、西伯利亚、艾滋病和饥荒，都进不了门。警察和脏东西也别想。

米拉也站了起来。她小过便，不渴也不饿。兰博从干净的破布地毯上抬起头来。无论她走到哪里，它睁大的眼睛都会跟着，即使双眸因为洞察一切而变成了无能为力、死气沉沉的黑井。

"兰博，当我们掉到地上，就要给路人和警方添麻烦了，但只需要几分钟的时间。就算再过二三十年，生命也会像现在一样短暂。充满痛苦和伤害。"

一个孩子，一个女孩，穿着迪士尼图案的法兰绒衬衫，走进厨房。

"贝贝尔，这个时候你要干什么？"

"我没法睡觉，教母。南迪尼奥不停抱怨。说他屁股很痛，明天不想再接恋童癖了。即使睡着了，他也抽泣呜咽着说，不要，不要。"

兰博靠近小女孩，摇摇尾巴。它喜欢赤脚的孩子。小女孩高兴地跪下来，几乎不害怕。

"它咬人吗？"

"它不咬漂亮的孩子。"米拉笑着说。

"那难看的孩子呢？南迪尼奥又丑又胖，胆子还小。如果他明天看到狗，又要拉到裤子上去了。要是我们的妈妈不在，我就得帮他擦屁股，是不是，阿达尔吉萨教母？从他的屁眼里出来那么大的东西，我都不晓得他为什么还抱怨那些恋童癖往里塞什么。我喜欢的，一两根手指一点儿也不疼。比起给我妈在坎帕尼那的其他六个东西做饭和擦鼻涕，这要好多了。"

阿达尔吉萨教母也忍不住笑了出来。

"去睡觉吧，贝贝尔，因为明天，小姑娘，有人会从国外来找你，外国佬，其中一个还会给你带套小房子来放你的芭比娃娃，带游泳池的房子，你可以在里面放水，甚至养条红色的小金鱼，很小很小的那种，明白吗？"

"嗯。上次说会给我一匹小蓝马、一辆灰姑娘坐的马车，可我什么都没看到。这个漂亮的小姑娘，她是谁？狗能给我吗？他们叫什么名字？"

"不能给你。这个小姑娘要跟我们住在一起，她叫米拉，你要恭恭敬敬地对待她。狗叫兰博。明天或后天，它就要去上它的班了。回床上去，贝贝尔。"

"哦。教母，您可以让哪个恋童癖给我带一只真的小狗。我可以多弯下身子，他们随便舔，次数再多也没问题。我还可以不穿衣服跳舞，他们很喜欢。米拉，你叫米拉吗？噢，阿达尔吉萨教母，再等一小会儿，我等一会儿再睡到南迪尼奥身边去，他害怕的声音跟放屁一样。我妈明天来打扫卫生、来给我们送牛奶麦片的时候，我什么都不会说的。科勒斯特斯牌麦片，是我最喜欢吃的。南迪尼奥就算屁股开花装哭，也要吃。"

"哎，你瞧，你看好了，米拉小姐，都是沾了你的光。我妈妈尤弗罗西娜出生在米兰达德杜罗，她教我说话、跳舞和唱歌，有些东西只能跟母亲才学得到。我是老二，也是最幸运的。老大是屠夫的学徒，需要清洗的干净肉越来越少。其余的嘛，电视上放的榜单流行歌曲，我们就跟着学。我可以吗，教母？这个新节目，米拉小姐没看过。"

那时是凌晨四点。兰博决定一直睡到结局的来临，它猜到结局是无法避免的。那个叫贝贝尔的女孩子说它不像史泰龙那样凶残野蛮。这是不公平的，可对它狗的感觉来说，一切都已经变得不公平了。

阿达尔吉萨教母往两个杯子里倒满了烈酒，又放了一盘让人难以下咽的烤血肠。真是的，一个晚上也无所谓了。某些可控的偶尔放纵才是防止混乱的秩序保障。她还为米拉准备了一根大麻烟。

真是的，一个晚上也无所谓了。

明天，当尤弗罗西娜的吸尘器响起美妙的嗤嗤声时，她可以睡个午觉，那款全新闪亮的顶级吸尘器，是打折季在盖亚买的。客人们，都是傍晚才来的人。她、阿达尔吉萨教母，是职业女性，现在可以饶有兴致地休息一下，她如此有效地工作，让自己的退休生活有所保障，甚至可以说，能过得很宽裕。

要做善事，让不幸的人摆脱更大的不幸。要学习，可是要学习，已经太晚了。但她是如何靠那一点点的正确判断力，来助力世界的改变的啊。靠她的铁腕，甚至可以当上部长。

"那你就唱一个、跳一个吧，贝贝尔，可接下来我们都得去睡觉，不管南迪尼奥放屁还是不放屁。生活是由付出努力的人赚来的，不管谁疼都没办法。"

于是贝贝尔开始又唱又跳地表演起来。小女孩用双手把睡裙的两边拉起来："米拉，听着。

"看看我呀，米格尔
我有多漂亮
羊毛裙子
棉麻小衬衫。

我们上床吧
我们睡觉吧
我来给你盖上毯子
给你哼个歌吧。

跳舞，佩德罗，跳舞呀
夫人，我想要面包

再跳一会儿吧

马上就会给你啦。

我有三头绵羊

一头小羊羔

我想嫁出去

但却找不到

愿娶我的人。

看看我呀，米格尔

我有多漂亮

羊毛裙子

棉麻小衬衫。"

葡萄牙女人。要是没有狗，那就用猫来捕猎，那猫就是她自己：优雅、聪明、有天赋、有技巧。尽其所能。精明的贝贝尔。不败的贝贝尔。

从一种不幸到另一种不幸只有一步之遥。

她长了一头黑色的鬈发，白皙的小脸，一双湛蓝的眼睛。就像老话说的，多一分太多，少一分太少，少的只有掌声了。她从后面和前面掀开睡裙。私处还没长出毛发，屁股白里透红，大腿鲜嫩透明，还是孩子的大腿。没穿着木屐跳踢踏舞的秀兰·邓波儿。

阿达尔吉萨教母鼓起掌来。

"现在睡觉。明天还有更多的表演，贝贝尔。去睡觉，准备好。"

"走吧，小姑娘，我带你去看接待你的房间，米拉。带上它，带上你的小狗，但只有今天。我的心不坏，可命令就是命令。"

她的心，并不坏。阿达尔吉萨教母，只不过是又一个可怕的不幸存在，一个顺从于专制的施虐者。"我只是执行着我无权破译的命令。"

"那痛苦呢，阿达尔吉萨教母？"

"久而久之，习以为常，大多数人都习惯了。甚至还会喜欢。痛只是屁股里那点儿痛。"

"寒冷呢？饥饿呢？"

"这些在我们这儿可没有，从来都没有过。没人受冻，也没人挨饿。"

"万一的万一，要是真有人跟您作对，向警方告发、报案呢？"

"哦，这个嘛。我会站到随便哪个不拖累我生活的人那边。穷人的记忆，我曾经很穷，就是这样，你明白吗？人都是往高处走的。再也不要忍饥挨饿。你有时候吃得过饱就是因为回忆起了饥饿，明白吗？听着，小米拉，别难过。你只要看看我是从哪里走出来的，从贫民窟、从垃圾堆里，走到这里。生活充满了变数。"

"死亡也是。"米拉心想。

让人刮目相看的女孩贝贝尔已经上床睡觉了。她为自己的幸运而乐不可支，这总比听天由命好。在通往无所不能的路上，成为恋童癖渴望的对象就是走完了一半。因为恋童癖是无所不能的——这是永远都不能忘记的一课——谁能对他控制小孩子的能力提出异议呢？女人或情人，不论男女，都会反抗。而小孩只能屈服，总是会屈服。他可能会哭，但还是会屈服。他没有其他的办法，甚至还可能会喜欢，这同样让人触目惊心。

第二十五章

屋子的走廊又宽又长。时不时地，会看到生锈的大皮箱和小板凳。这是一些热衷于装饰的客人的创意，就像巴西偏远地区的水印版画。椰树、种植园、被绑在树干上的黑人和挥舞鞭子的工头，还有在四周玩耍的狗和孩子。

走廊的两边都是实木门，上面装有镶着浅色木框的镜子，门都关着。

"这就是你的房间。那边走到底，是我的套房。但你不会打扰我的，对吧？"

她打开了一个大房间的门，墙面被涂成了酒红色，上面挂着一幅克里姆特金色甜蜜之吻的复制品。镜子不在天花板上，而是在一个高高的角落里，就像逃跑时小饭馆里的那台电视机，那是几年前的事了？床是黑色的，又高又宽，装饰着扭来扭去的曲线。窗户只有一扇，又高又长，卡在一个空隙里。

"很美，是不是？这个房间我是留给特殊的客人的。别让你的狗把东西弄得乱七八糟。"

"不会的，阿达尔吉萨教母。兰博很干净，身上也没有寄生虫，就像一个来自天堂的天使。上帝保佑您，阿达尔吉萨教母，能在临别前让它和我在一起。"

"瞧你这话说的，小姑娘。我是好心人，但别来吵醒我。姑娘们一大清早回来，但知道不打扰我好好休息。尤弗罗西娜来得早，会给孩子们准备吃的。她一声不吭，像只老鼠似的轻手轻脚。"

"大家不去上学吗？"

阿达尔吉萨教母板起脸来。

"上什么学？这里有你需要学习的一切。电视，还有，只要你还有点魅力，就是靠别人的癖好来赚钱。晚安，别让我后悔对你这么好。"

米拉听到门锁转了两圈。

"狗娘养的。希望你死在出生的阴沟里。"

"那你呢，你这个高级婊子呢？"她又对自己说。

兰博在房间里嗅了嗅，没怎么在意打扫过后飘出的霉味，还有之前滴落在那里的精液味道。

米拉拉开遮住墙壁的黄色天鹅绒窗帘，打开窗户。楼下有一些车辆经过，看上去非常小，还有人，没几个，正在赶往又一天疲惫劳作的路上。她想起了恩斯特·克莱伯、那个德国好人说过的话："自杀的人总是被谋杀的。"

还有母亲般的祖母。"前进，迎着大雪前进，穿过山谷，走在风里，如果大雪把你埋了，也没办法，总会有人捡起你的东西继续前进。一口锅子、一尊圣像、一条狗。前进，米拉，一步接一步，别多想。飞吧。一步接一步。就像有些牲畜，至死也不会任人宰杀。"

米拉对兰博说："看看我们是不是不会掉在别人身上。"

狗吓坏了，说："非得这么做吗？"米拉说："非得这么做。"

米拉将一把椅子拉到窗边，窗台又宽又大，镶着花岗岩边，一副暴发户做派。这种说法，好像暴发户没有权利享受似的。可是她没有权利。

她要用艺术的、俄罗斯的方式去死，和她一起的还有一只狗，不管怎么样，都是命中注定。她坐在窗沿上，背朝外，叫狗爬到椅子上。

兰博爬上去，坐了下来，明白没有什么是再需要了解的了。"抱紧我，"它说，"让我的背脊在你之前着地。"

米拉把它抱在怀里，向后一倒，好似一个装备齐全的潜水员，从进行海底研究的船上往下跳。下落过程中，兰博仍在她的臂膀中挣扎，但那已经是翅膀了。

这是米拉生前的最后一个想法。

2008 年 7 月 25 日，于里斯本